Diese Persönliche
Chronik ist für:

Das Buch vom

4.

JANUAR

Ein ganz besonderer Tag

... ein ganz besonderer Tag

Eis und Schnee haben den Januar meist fest im Griff. Der erste Monat im Jahr ist in unseren Breiten auch der kälteste. Seinen Namen hat er von dem doppelgesichtigen römischen Gott Janus, dem Gott des räumlichen und zeitlichen Eingangs.
Ein Patronatsname des 4. Januar ist Gregor, und dieser Name paßt besonders gut zum Jahresanfang. Der Vorname griechischen Ursprungs bedeutet nämlich »der Wachsame«, und diese Eigenschaft kommt jedem zugute, der etwas Neues in Angriff nimmt. Der 4. Januar ist aber auch ein Tag, an dem immer schon ganz besondere Ereignisse der Weltgeschichte und der Kultur geschehen sind:

1880 bestieg der Brite Edward Whymper als erster den 6267m hohen Chimborasso in den Anden, den höchsten Berg in Ecuador.
1896 wurde Utah als 45. Mitglied in die Vereinigten Staaten von Amerika aufgenommen.
1896 wurde das naturalistische Drama »Florian Geyer« von Gerhart Hauptmann uraufgeführt.

Berühmte Personen sind unter den Geburtstagskindern des 4. Januar. Die Hollywooddiva Jane Wyman kam 1914 zur Welt. Gitarrenmeister John McLaughlin wurde 1942 geboren.

Im Zeichen des Steinbocks

22. Dezember bis 20. Januar

Glücklich schätzen darf sich, wer am 4. Januar das Licht der Welt erblickt hat. Er oder sie ist unter einem guten Stern geboren: Das Sternbild des Orion beherrscht den Winterhimmel. Orion, der sagenumwobene Sohn Poseidons, war ein großartiger Kämpfer und steht für Stärke und Durchsetzungsvermögen.

Diese Eigenschaften zeichnen auch das Tierkreiszeichen aus, das den 4. Januar beherrscht. Es ist der Steinbock, wie Stier und Waage ein Erdzeichen. Ihnen werden in der Astrologie ganz besondere Merkmale zugewiesen. Der Steinbock gilt vor allem als ehrlich und beherrscht, als zuverlässig und naturverbunden. Die unter Erdzeichen geborenen Menschen verfolgen ihre Ziele stets mit eiserner Disziplin und Ausdauer.

Viele bedeutende Persönlichkeiten des öffentlichen Lebens sind Steinböcke. Zu ihnen zählt ein brillanter Wissenschaftler wie der Physiker Stephen Hawking ebenso, wie der große Politiker Konrad Adenauer. Das musische Talent der Steinböcke kommt bei so bekannten Sängern wie Elvis Presley oder Loretta Young zum Vorschein. Aber auch die schreibende Zunft hat einige Vertreter dieses Tierkreiszeichens in ihren Reihen, wie z.B. Simone de Beauvoir oder Kurt Tucholsky.

1900–1909

Highlights des Jahrzehnts

1900

- Weltausstellung in Paris
- Niederschlagung des Boxeraufstandes in China
- Uraufführung der Oper »Tosca« von Giacomo Puccini in Rom
- Probefahrt des ersten Zeppelins »LZ 1«

1901

- Die britische Königin Victoria stirbt
- Erste Nobelpreise verliehen
- Thomas Mann veröffentlicht die »Buddenbrooks«
- Mordattentat auf US-Präsident McKinley, Theodore Roosevelt wird Nachfolger

1902

- Beendigung des Burenkrieges in Südafrika
- Krönung Eduards VII. zum König von Großbritannien
- Inbetriebnahme der Transsibirischen Eisenbahn
- Kunstströmung »Jugendstil« auf dem Höhepunkt

1903

- Serbischer König Alexander I. ermordet
- Erste Tour de France
- Erster Motorflug der Brüder Wright
- Kampf der Suffragetten um das Frauenwahlrecht
- Margarethe Steiff präsentiert den »Teddy-Bären«

1904

- Hereroaufstand in Deutsch-Südwestafrika
- Beginn des Russisch-Japanischen Krieges
- Arthur Korn gelingt die erste Bildtelegraphie

1905

- Petersburger »Blutsonntag«
- Tangerbesuch Wilhelms II. führt zur Ersten Marokkokrise
- Albert Einstein entwickelt »Spezielle Relativitätstheorie«
- Künstlergemeinschaft »Die Brücke« wird gegründet

1906

- Revolutionäre Unruhen und erstes Parlament in Rußland
- Roald Amundsen duchfährt die Nordwestpassage
- Dreyfus-Affäre beigelegt
- Erdbeben verwüstet San Francisco

1907

- Pablo Picasso malt »Les Demoiselles d'Avignon« und begründet den Kubismus
- Erste Farbfotografien von Louis Jean Lumière

1908

- Ford baut Modell T (»Tin Lizzy«)
- Österreich-Ungarn annektiert Bosnien und Herzegowina
- Durchbruch der olympischen Idee bei Spielen in London
- 30 000 Jahre alte Statuette (Venus von Willendorf) gefunden

1909

- Robert E. Peary erreicht als erster Mensch den Nordpol
- Louis Blériot überfliegt den Ärmelkanal
- Unruhen in Persien: Schah Mohammed Ali dankt ab

◀ **Opernstar Enrico Caruso als Bajazzo an der New Yorker »Met« (1903)**

Donnerstag 4. Januar

Politik

Mißtrauisch sind britische Soldaten. Sie durchsuchen den deutschen Postdampfer »General« in Aden nach Kriegsmaterial. Sie vermuten, daß dort Waffen für die Burenrepubliken Transvaal und Oranjefreistaat versteckt sind, mit denen sich Großbritannien im Krieg befindet. Doch sie täuschen sich, und der Dampfer kann seine Fahrt fortsetzen.

Gesellschaft

Streikende Weber sind in der Literatur verewigt. Dieses Mal ist ihr Arbeitskampf jedoch sehr real. Es kommt zu blutigen Auseinandersetzungen zwischen streikenden Arbeitern einer Weberei in Saint-Etienne (Frankreich) und der Polizei.

Gesellschaft

Die Erde bebt in Tiflis. Nach dem verheerenden Erdbeben spendet die ganze Welt Hilfsgüter in das russische Gouvernement.

Wetter

Relativ angenehm präsentiert sich der Januar 1900. Die Durchschnittstemperatur von –0,6 °C weicht nur geringfügig vom langjährigen Mittel (–0,4 °C) ab.

Freitag 4. Januar

Gesellschaft

Ihre Interessen vertreten wollen deutsche Studenten künftig gemeinsam. In Weimar beginnt der erste Kongreß der »Freien Deutschen Studentenschaften«. An jeder Hochschule Deutschlands gibt es bereits seit längerem eine Studentenvertretung, welche die Selbstverwaltung aller an der Hochschule immatrikulierten Studenten wahrnimmt. Nun ist endlich auch ein Dachverband geschaffen, der die Interessen auch auf nationaler Ebene zu koordinieren versteht.

Preise in den Jahren 1900–1909

1 kg Butter	2,46
1 kg Mehl	0,35
1 kg Fleisch	1,55
1 Ei	1,05
1 l Vollmilch	1,00
10 kg Kartoffeln	0,65

in Mark, Stand 1905

Sport

Von Statur eher klein ist er doch der Größte. Der Däne Hans Heinrich Egeberg wird in Den Haag Europameister im Ringen. Er ist der zweite Europameister nach dem Russen Georg Hackenschmidt, der sich 1898 den begehrten Titel sicherte.

Wetter

Auf einen frostigen Durchschnitt von –3,2 °C sinken die Temperaturen im Januar. Es ist damit 1901 wesentlich kälter als gewöhnlich.

Samstag 4. Januar

Gesellschaft

Als Schiffspatin stellt sich Alice Roosevelt, die Tochter des US-amerikanischen Präsidenten, zur Verfügung. Voller Stolz nimmt sie die Einladung des deutschen Kaisers an, seine neue und sicher sehr teure Rennjacht zu taufen. Auch der Vater ist von der Ehre geschmeichelt, die seiner Tochter damit zuteil wird.

»Linie ohne Bauch«: Das Korsett, ein modisches Muß für die elegante Frau

Kultur

Er ist bekannt für seine provokanten Themen. Dennoch ist das Publikum begeistert von Arthur Schnitzlers neuestem Werk, dem Einakter-Zyklus »Lebendige Stunden«, der im Deutschen Theater Berlin uraufgeführt wird. Schnitzlers Stärke ist die präzise Darstellung innerer Ängste. Seinen Figuren sind stets Wünsche und Phantasien wichtiger als die äußeren Ereignisse.

Wetter

Eisiges Winterwetter eröffnet das neue Jahr. Im Januar 1902 fällt die Temperatur im Schnitt auf –4,1 °C, während normalerweise Temperaturen knapp unter dem Gefrierpunkt (–0,4 °C) herrschen.

Sonntag 4. Januar

Gesellschaft

Verantwortung trägt letztlich jeder für sich selbst. Dies wird auch in einer Stellungnahme des preußischen Kriegsministeriums betont, in der es um die Rechtmäßigkeit von Duellen geht. Die preußischen Beamten meinen übereinstimmend, daß es jedem selbst überlassen werden solle, seine Ehre zu wahren. Jeder sei schließlich ganz alleine der »Träger und Hüter seiner Ehre«. Per Reichsgesetz sind Duelle verboten.

Politik

Welche Sprache man künftig in Böhmen und Mähren spricht, darüber debattieren seit gestern deutsche und österreichische Regierungsvertreter in Wien. Es ist eine von vielen sog. Ausgleichskonferenzen, auf denen seit 1871 die Interessen von Böhmen und Mähren verhandelt werden.

Gute Figur in Sakkoanzug und Wettermantel: Die Mode für den Herrn

Wetter

Mildere Temperaturen als in den Vorjahren lassen Hoffnung auf ein baldiges Ende des Winters aufkommen. Das Thermometer zeigt Temperaturen um 1,1 °C.

1904

Montag 4. Januar

Politik

Aufständische werden nicht geduldet. Der Gouverneur von Deutsch-Neuguinea, Albert Hahl, meldet den Abschluß einer Strafexpedition gegen aufständische Eingeborene. Sie hatten in einer Handelsstation in Peterhafen zwei Deutsche getötet. Seit 1884 gehört die nordöstliche Hälfte Papua-Neuguineas, das sog. Kaiser Wilhelm-Land, zu Deutschland. Die südöstliche Hälfte ist britische Kolonie. 1920 erhält Australien als Siegermacht des Ersten Weltkriegs ein Völkerbundmandat über den deutschen Inselteil.

Rekorde 1900–1909

400 m: Maxey Long (USA) – 47,8 sec (1900)
Weitsprung: Peter O' Connor (IRL) – 7,61 m (1901)
Stabhochsprung: Walter Dray (USA) – 3,90 m (1908)
Kugelstoßen: R. Rose (USA) – 15,56 m (1909)

Politik

Eine schnelle Entscheidung fordert US-Präsident Roosevelt in der Frage der Panamakanalzone. Wenig später wird der Hay-Varilla-Vertrag ratifiziert, der die Verpachtung des Gebiets an die USA sicherstellt.

Wetter

Einen Durchschnittsjanuar hat das Jahr 1904 – zumindest was die Temperaturen angeht, die bei –0,3 °C im Mittel liegen.

Mittwoch 4. Januar

Politik

Sie sind keine Freunde des österreichischen Kaisers Franz Joseph I. Vertreter der nationalistischen magyarischen Opposition in Ungarn verhindern durch einen Tumult die Verlesung seiner Thronrede. Der Kaiser hatte zuvor in seiner Funktion als König von Ungarn das Abgeordnetenhaus in Budapest aufgelöst. Die Magyaren leben seit dem 8. Jahrhundert im Kerngebiet Ungarns. Von Türken und Mongolen unterdrückt, blieben sie bis zum 19. Jahrhundert in der Minderheit. Doch nun erstarkt ihr Selbstbewußtsein, und sie versuchen, ihre Rechte durchzusetzen.

Gesellschaft

Kein Geringerer als Wladimir I. Lenin ist der Herausgeber der ersten Ausgabe des »Vpered« (»Vorwärts«). Das neue Organ des bolschewistischen Flügels der russischen Sozialdemokratie erscheint in Genf, wo Lenin seit 1900 in der Emigration lebt.

Wetter

Ohne große Besonderheiten gestaltet sich das Januarwetter 1905. Die Durchschnittstemperatur liegt mit -0,5 °C knapp unter dem Gefrierpunkt. Es gibt etwas weniger Niederschläge (33,7 mm) als normalerweise (43 mm).

Donnerstag 4. Januar

Gesellschaft

Stars der Jahre 1900–1909

Isadora Duncan
Tänzerin
Gustav Mahler
Komponist/Dirigent
Anna Pawlowa
Tänzerin
Sarah Bernhardt
Schauspielerin
Orville/Wilbur Wright
Flieger

Regierungstreue fordert der Heilige Synod, das oberste Organ der russisch-orthodoxen Kirche. Er ordnet an, daß Geistliche, die während des Dezemberaufstands »die Regierungsmaßnahmen ihren Gemeindemitgliedern gegenüber in gesetzwidriger Weise beleuchtet« hätten, aus dem Amt zu entfernen seien. Rußland wird bereits seit über einem Jahr von innenpolitischen Unruhen erschüttert. Im Dezember 1905 eskalierten sie in einem gewaltsamen Aufstand in Moskau. Die Gründe für die revolutionären Umtriebe sind vielfältig: Zum einen verlangt die russische Intelligenz nach einer liberalen Verfassung, zum zweiten erheben die russichen Bauern radikale Landforderungen. Hinzu kommen die Versuche der Arbeiterschaft, die staatliche Ordnung grundlegend zu verändern.

Wetter

Etwas wärmer und feuchter als der Standardjanuar präsentiert sich der Jahresanfang 1906. Die Durchschnittstemperatur liegt 1,1 Grad über dem langjährigen Mittelwert (–0,4 °C). Es fallen 53 mm Niederschlag, 10 mm mehr als gewöhnlich.

Freitag 4. Januar

Gesellschaft

Keine Fortschritte in der Sozialpolitik des Deutschen Reiches sieht die angesehene liberale »Frankfurter Zeitung«. Sie kritisiert, daß seit Einführung der gesetzlichen Sozialversicherung in den 80er Jahren des vergangenen Jahrhunderts kaum weitere Schritte unternommen wurden, die Situation der arbeitenden Bevölkerung zu verbessern. Unter anderem empfiehlt sie, die Freiheit, Vereinigungen zur Wahrung der Arbeitnehmerrechte zu bilden, also das sog. Koalitionsrecht, auszuweiten.

Technik

Die Sicherheit der Arbeiter war nicht ausreichend gewährleistet. Durch einen Schachteinsturz beim Bau der Hunsrückbahn Boppard-Castellaun werden mehr als 40 Menschen verschüttet. Die Stützstreben für den Bau eines Tunnels konnten den Bergmassen nicht standhalten. Die Katastrophe fordert zahlreiche Menschenleben und Verletzte.

Wetter

Milde Temperaturen wechseln im Januar 1907 mit grimmigem Frost. Das Thermometer fällt auf bis zu –20 °C. Trotzdem liegt die mittlere Temperatur bei 0,2 °C, das sind 0,6 °C mehr als üblich. Der eisige Wind sorgt für anhaltende Schneefälle.

Samstag 4. Januar

Politik

Zu nachgiebig gegenüber den Franzosen zeigte sich der Sultan von Marokko, Abd Al Asis. Dieser Meinung ist jedenfalls sein Bruder Abd Al Hafis, der ihn in der Moschee von Fes für abgesetzt erklärt. Hafis selbst wird zum Nachfolger ausgerufen. Ende des 19. Jahrhunderts hatte Frankreich, begünstigt durch die Instabilität der alawidischen Herrschaft, seinen Einfluß in Marokko intensiviert. Am 30. März 1912 schließlich, ist der Widerstand der Alawiden gebrochen. Marokko wird französische Protektorat. Spanien erhält das Rifgebiet.

Politik

In Paris muß die Regierung umgebildet werden. Der plötzliche Tod von Justizminister Jean Guyot-Dessaigne zwingt zu einer Neuverteilung der Aufgaben. Der neue Justizminister ist kein geringerer als Aristide Briand. Er beeinflußt zwischen 1909 und 1929 als französischer Premierminister die Geschicke des Landes maßgeblich.

Wetter

Nahe an den Standardwerten liegen die Wetterdaten für den Januar 1908. Die Temperaturen erreichen durchschnittlich –0,1 °C, die Niederschlagsmenge liegt mit 40,3 mm niedriger als üblich.

1909

Montag 4. Januar

Gesellschaft

Besser bezahlt werden möchten künftig deutsche Juristen. In Berlin wird der Deutsche Richterbund gegründet. Hehres Ziel des Interessenverbandes ist die Sicherung der unabhängigen Gerichtsbarkeit. Auch eine bessere Bezahlung der im Staatsdienst tätigen Juristen steht auf der Wunschliste ganz oben.

Gesellschaft

Da hat er nochmals Glück gehabt. Ein Unternehmen des Industriellen John D. Rockefeller, die Standard Oil Company, sollte wegen Verstößen gegen das Anti-Trust-Gesetz mit einer Geldstrafe von mehreren Millionen US-Dollar bestraft werden. Der Oberste Gerichtshof in Washington lehnt jedoch den Strafantrag der Regierung ab.

Wozu die Höflichkeit? Das »Gnädigste, Hochachtungsvoll, Verehrteste« können sich württembergische Beamte künftig sparen. Das Kultusministerium veröffentlicht einen Erlaß für den offizielen Schriftverkehr, nach dem in amtlichen Briefen überflüssige Höflichkeitsbezeugungen unterlassen werden können.

Wetter

Zunächst relativ mild und niederschlagsarm ist der Januar in diesem Jahr. Mitte des Monats fallen die Temperaturen jedoch auf bis zu –1,5 °C, und es gibt reichlich Schnee.

1910–1919

Highlights des Jahrzehnts

1910

- Georg V. wird nach dem Tod Eduards VII. britischer König
- Der Halleysche Komet passiert die Erde
- Bürgerliche Revolution beendet Monarchie in Portugal
- Wassily Kandinsky begründet die abstrakte Malerei
- Sieg des Schwarzen Jack Johnson bei Box-WM

1911

- Bürgerkrieg in Mexiko
- »Panthersprung nach Agadir« löst Zweite Marokkokrise aus
- Militärputsch leitet chinesische Revolution ein
- Roald Amundsen gewinnt den Wettlauf zum Südpol

1912

- Erster Balkankrieg
- Woodrow Wilson wird 28. US-Präsident
- Untergang der »Titanic«
- Büste der ägyptischen Königin Nofretete gefunden

1913

- Zweiter Balkankrieg
- Niels Bohr entwirft neues Atommodell
- Größter Bahnhof der Welt (Grand Central Station) in New York eingeweiht

1914

- Österreichs Thronfolger in Sarajevo ermordet
- Ausbruch des Ersten Weltkrieges
- Eröffnung des Panamakanals

1915

- Stellungskrieg im Westen
- Beginn der Ostoffensive
- Charlie Chaplin wird mit »Der Tramp« Star des US-Kinos
- Versenkung der »Lusitania« durch ein deutsches U-Boot

1916

- Schlacht um Verdun
- Osteraufstand in Irland niedergeschlagen
- Seeschlacht vor dem Skagerrak
- Der österreichische Kaiser Franz Joseph I. stirbt
- Rasputin ermordet

1917

- Beginn des uneingeschränkten U-Boot-Krieges
- Zar Nikolaus II. dankt ab
- Oktoberrevolution in Rußland

1918

- US-Präsident Wilson verkündet 14-Punkte-Programm zur Beendigung des Krieges
- Russische Zarenfamilie ermordet
- Waffenstillstand von Compiègne beendet Ersten Weltkrieg
- Novemberrevolution: Kaiser Wilhelm II. dankt ab, Philipp Scheidemann ruft die deutsche Republik aus

1919

- Spartakusaufstand niedergeschlagen
- Rosa Luxemburg und Karl Liebknecht ermordet
- Friedrich Ebert erster Reichspräsident
- Versailler Vertrag

◀ **Schöne Spionin in deutschem Auftrag: Mata Hari wird 1917 erschossen**

Dienstag 4. Januar

Politik

Über eine Reform des preußischen Dreiklassenwahlrechts und die Kommunalpolitik beraten in Berlin die Vertreter der preußischen SPD, die am Vortag zu ihrem dritten Parteitag zusammengekommen sind. Die Sozialdemokratische Partei Deutschlands besteht unter diesem Namen seit 1890. In der Sozialistischen Arbeiterpartei (SAP) hatten sich die Sozialdemokraten, unter ihnen auch August Bebel, bereits 1875 organisiert.

Die Herrenkleidung wird sportlicher. Dazu gehört der weiche Hut

Gesellschaft

Der Adel bleibt unter sich. Großherzog Wilhelm Ernst von Sachsen-Weimar heiratet die Prinzessin Carola Feodora von Sachsen-Meiningen. Das große Fest, zu dem bedeutende Vertreter des europäischen Großadels zusammenkommen, findet in Meiningen statt.

Wetter

Die seit Wochen anhaltende milde Witterung beherrscht auch den Januar 1910. Die Durchschnittstemperatur von 2,5 °C liegt weit über »normal«.

Mittwoch 4. Januar

Gesellschaft

Mehr als zehn Stunden am Tag müssen die belgischen Arbeiter noch immer für ihren Lohn schuften. Das ist eindeutig zu viel. Bergleute im Lütticher Revier treten in den Generalstreik, um die Arbeitszeitverkürzung zu erkämpfen. In Deutschland kommt es ebenfalls zu Arbeitskämpfen.

Politik

Unlauteren Wettbewerb betreibt ein Kartell von 13 Dampfergesellschaften. Dies stellt die US-amerikanische Bundesanwaltschaft fest, die heute beim Bundesgericht in New York Anklage gegen den Nordatlantischen Schiffahrts-Pool erhebt. Zu den betroffenen Firmen gehören auch die Hamburg-Amerika-Linie und der Norddeutsche Lloyd.

Das praktische Sportkleid für die Jagd und für Bergtouren

Wetter

Nach einem sehr milden Winterbeginn (3,0 °C im Dezember) fallen die Temperaturen im Januar des Jahres 1911 doch noch auf durchschnittlich 1,0 °C. Für Kinder und Wintersportler besteht Hoffnung auf Schnee.

Donnerstag 4. Januar

Politik

Drakonische Bestrafung erwartet einen Redakteur in der persischen Stadt Urmia. Weil er in der dortigen Zeitung russenfeindliche Propaganda betrieben hatte, lassen ihn Soldaten der russischen Armee öffentlich auspeitschen. Davon, daß die Züchtigung ordnungsgemäß durchgeführt wird, überzeugen sich der russische Konsul sowie hohe Offiziere. Sie wohnen der Bestrafung bei.

Gesellschaft

So nah war er uns noch nie! Heute ist ein großer Tag für Mondsüchtige. Wissenschaftler bestätigen, daß sich der Mond bis auf 356 375 km der Erde nähert. Das ist die größte Erdannäherung des Trabanten in diesem Jahrhundert. Seine mittlere Entfernung zur Erde beträgt 384 405 km.

Kann denn Tanzen Sünde sein? Wenn es »Schiebetanz«, also Tango ist, dann bestimmt. In Berlin erfolgt – wie die »Vossische« berichtet – die erste gerichtliche Bestrafung eines Tänzers wegen angeblicher Unsittlichkeit.

Wetter

Sturm und Regen bestimmen zunächst den Januar 1912 bei recht milden Temperaturen. In den letzten Tagen des Monats kühlt es jedoch plötzlich ab. Anhaltende Schneefälle und Frost markieren den Übergang zum Februar.

Samstag 4. Januar

Technik

Die Drähte laufen heiß. Die gestern in Betrieb genommene Telefonleitung zwischen der spanischen Hauptstadt Madrid und Frankreichs Metropole Paris wird heute eifrig erprobt. Zwar rauscht es noch gehörig in der Leitung, aber immerhin kann man verstehen, was der weit über 1000 km entfernte Gesprächspartner mitzuteilen hat.

Rekorde 1910–1919

Schwimmen: H. Hebner (USA) – 1:20,8 min/ 100 m Rücken (1912)
100 m: Nina Popowa (RUS) – 13,1 sec (1913)
Hochsprung: C. Larson (USA) – 2,03 m (1917)
Speerwerfen: Jonni Myyrä (FIN) – 66,10 m (1919)

Gesellschaft

Äußerst großzügig gibt sich die Farbwerke AG in Hoechst. Anläßlich seines 50jährigen Bestehens stiftet das Unternehmen, das als Meister, Lucius und Brüning zu Wohlstand gekommen ist, 2 Mio. Mark für Wohlfahrtseinrichtungen ihrer Angestellten. Das Geld soll vor allem der Krankenpflege und der Altersversorgung zugute kommen.

Wetter

Kalt präsentiert sich der Januar 1913, aber mit 21 mm Niederschlag auch außergewöhnlich trokken. Der Mittelwert für den Monat liegt mit 43 mm mehr als doppelt so hoch.

Sonntag 4. Januar

Gesellschaft

Ganoven fürchten sie: Die Internationale Kriminalistische Vereinigung feiert heute in Berlin ihr 25jähriges Bestehen. Namhafte Kriminalisten treffen sich zum feierlichen Festakt, um über die neuesten Ermittlungsmethoden im Kampf gegen das Verbrechen zu plaudern. Zu den Mitbegründern der angesehenen Vereinigung zählte auch der deutsche Kriminalpolitiker Franz von Liszt.

Gesellschaft

Adel verpflichtet. Dessen ist sich der bayerische Ministerpräsident Georg Freiherr von Hertling hoffentlich bewußt. Ihm wird in München die außergewöhnliche Ehre zuteil, in den erblichen Grafenstand erhoben zu werden. Bayern ist der einzige deutsche Bundesstaat, der die Verleihung des persönlichen Adelstitels noch praktiziert. Nach dem Weltkrieg 1918 verlieren allerdings auch die bayrischen Adeligen – wie ihre »Kollegen« im übrigen Reich – ihre Privilegien.

Wetter

Nach Rekordniederschlägen zum Jahreswechsel beruhigt sich die Wetterlage im Januar 1914 allmählich. Allerdings wird es mit durchschnittlich –1,7 °C empfindlich kalt.

Montag 4. Januar

Gesellschaft

Harsche Kritik übt der US-amerikanische Senat an einem Plan der Regierung. Regierungsvertreter legen vor dem Senat ihre Absicht offen, für die nicht unerhebliche Summe von 30 Mio. US-Dollar (144 Mio. Mark) ausländische Schiffe aufzukaufen, um eine eigene Handelsflotte aufzubauen. Der Senat jedoch verweigert seine Zustimmung. In Kriegszeiten gibt es weit Wichtigeres zu tun, auch wenn die USA erst 1917 in den Weltkrieg eintreten.

Politik

Einen Beitrag zur Menschlichkeit in Zeiten des Krieges können selbst verfeindete Staaten nicht verwehren. Auf Anregung des Papstes haben alle kriegführenden Länder zugestimmt, schwerverwundete Gefangene auszutauschen. So können diese wenigstens in gewohnter Umgebung genesen.

Preise in den Jahren 1910–1919

1 kg Butter	2,74
1 kg Mehl	1,90
1 kg Fleisch	3,00
1 Ei	0,13
1 l Vollmilch	0,25
10 kg Kartoffeln	3,30
Stundenlohn	0,66

in Mark, Stand 1913

Wetter

Die milde Witterung im Januar 1915 schließt nahtlos an den zu warmen Dezember an. Das Thermometer zeigt Werte um 0,9 °C, während der langjährige Mittelwert bei –0,4 °C liegt.

Dienstag 4. Januar

Gesellschaft

Hoffnung schöpfen können im Krieg Versehrte angesichts eines Angebots von der Landwirtschaftskammer für die Provinz Brandenburg. Diese gibt bekannt, daß sich Kriegsbeschädigte für einen dreimonatigen Lehrgang melden können. Dort werden sie zu landwirtschaftlichen Bürobeamten ausgebildet. Die Wiedereingliederung in die Arbeitswelt ist eines der Hauptprobleme der invaliden Heimkehrer.

Das deutsche Volk ist zu sehr auf den Hund gekommen. Der Reichsnachrichtendienst für Ernährung beziffert die Zahl der sog. Luxushunde im Deutschen Reich mit zwei Millionen. Er fordert die sofortige Tötung der Luxusgeschöpfe, weil sie die Lebensmittelversorgung in Kriegszeiten extrem belasten.

Technik

Zum Schutz des Lebens ordnet die französische Heeresverwaltung die Entwicklung eines metallenen Herzschildes für die Soldaten an. Das Schutzschild soll ca. 10 cm breit und 5 mm dick werden.

Wetter

Dauerniederschläge sorgen im Januar 1916 für trübe Aussichten. Mit 100 mm schlägt dieser Monat alle Rekorde; normalerweise fallen 43 mm. Nur die extrem milden Temperaturen um 4,0 °C entschädigen für die nassen Füße.

1917

Donnerstag 4. Januar

Gesellschaft

Auf importierte Waren müssen die Niederländer einstweilen verzichten. Die Kampftätigkeit in der Nordsee ist so heftig geworden, daß die gesamte Handelsschiffahrt der Niederlande stillgelegt werden muß. Besonders bitter ist, daß damit auch die Einfuhr von Lebensmitteln abgeschnitten wird. Die Niederländer müssen sich wohl in den nächsten Wochen einschränken.

Stars der Jahre 1910–1919

David Wark Griffith
Filmregisseur
Mary Pickford
Filmschauspielerin
Enrico Caruso
Sänger
Douglas Fairbanks
Filmschauspieler
Charlie Chaplin
Filmschauspieler

Kultur

Lautstark protestieren Schauspieler in der Hauptstadt gegen eine Anordnung des Polizeipräsidiums von Berlin. Dieses hatte vor zwei Tagen festgelegt, daß alle Theateraufführungen einheitlich um 22.00 Uhr beendet sein müssen. Die Polizei versichert, daß diese Maßnahme lediglich zum Schutze der Bevölkerung geschehe.

Wetter

Grimmiger Frost und anhaltende Schneefälle bestimmen den Januar 1917. Die Durchschnittstemperatur von –1,9 °C liegt erheblich unter dem langjährigen Mittelwert von –0,4 °C.

Freitag 4. Januar

Politik

Einen höchst zweifelhaften Charakter hat der deutsche Generalissimus Erich Ludendorff. Aus taktischen Gründen kündigt er der Leitung des Militärkabinetts seinen Rücktritt aus der Obersten Heeresleitung an. Gerüchte über diese angeblich endgültige Entscheidung läßt er an die deutsche Presse gelangen, die ausführlich darüber berichtet. Er benutzt diese Androhung jedoch nur als Druckmittel. Erst im Oktober desselben Jahres, als der Krieg endgültig verloren ist, nimmt er seinen Hut. Nach dem Krieg verfolgt er eine reaktionäre antidemokratische Politik. Zunehmend wendet sich der einstige Generalstabschef des Heeres, der seit 1916 faktisch die gesamte Kriegsführung gelenkt hat, obskuren rassistischen und nationalistischen Ideen zu. 1919 ist er Mitbegründer der Nationalen Vereinigung, die 1920 den antirepublikanischen Kapp-Lüttwitz-Putsch unterstützt. Drei Jahre später versucht er in München mit Adolf Hitler erneut den Staatsstreich.

Wetter

Ein harter Winter hatte sich im Dezember angekündigt. Im Januar 1918 bleiben die Temperaturen jedoch relativ normal. Mit 0,5 °C liegt die Durchschnittstemperatur über dem langjährigen Mittelwert von –0,4 °C.

Samstag 4. Januar

Gesellschaft

Am Rhein darf wieder studiert werden. Feierlich erlaubt die preußische Regierung die Wiedereröffnung der Kölner Universität. Über 120 Jahre mußte sie ihre Pforten geschlossen halten. 1798 hatten die Franzosen während der Napoleonischen Kriege ihre Schließung verfügt. Die im Jahr 1388 gegründete Kölner Universität genoß bis ins 15. Jahrhundert Ruhm und Ansehen. Mit Humanismus und Reformation begann die Krise der Hochschule, zumal sich die Kölner Theologen auf die Seite der Gegenreformation stellten. Fortan stand die Kölner Universität im Ruf der provinziellen Mittelmäßigkeit und Borniertheit.

Politik

Kein Vertrauen hat der preußische Ministerpräsident Paul Hirsch (MSPD) zum Berliner Polizeipräsidenten Emil Eichhorn (USPD) und entläßt ihn wegen »Begünstigung spartakistischer Umtriebe«. Eichhorns Amtsenthebung wird Auslöser des Spartakusaufstands gegen die Regierung, der Verrat an der Arbeiterklasse vorgeworfen wird.

Wetter

Recht mild ist der Januar 1919. Das Thermometer zeigt gelegentlich schon Werte deutlich über 1 °C.

1920–1929

Highlights des Jahrzehnts

1920

- Prohibition: Alkoholverbot in den USA
- NSDAP verabschiedet ihr Programm
- Kapp-Putsch scheitert
- Erstmals Salzburger Festspiele

1921

- Alliierte besetzen das Rheinland
- Hitler wird NSDAP-Vorsitzender
- Hormon Insulin entdeckt
- Rudolph Valentino wird Frauenidol
- Vertrag von Sèvres bedeutet Ende des Osmanischen Reichs

1922

- Hungersnot in Rußland
- »Deutschlandlied« wird zur Nationalhymne erklärt
- Mussolinis Marsch auf Rom
- Gründung der UdSSR
- Grab des Tutanchamun entdeckt
- Deutsch-russische Annäherung durch Vertrag von Rapallo
- Gründung der BBC
- Johnny Weissmuller stellt über 100 m Kraul den ersten seiner 67 Weltrekorde auf (58,6 sec)

1923

- Franzosen besetzen Ruhrgebiet
- Hitlers Putschversuch scheitert
- Währungsreform beendet Inflation im Deutschen Reich
- Die Türkei wird Republik

1924

- Erstmals Olympische Winterspiele
- Revolutionsführer Lenin stirbt
- Dawes-Plan lockert finanzielle Zwänge für Deutschland
- VIII.Olympische Spiele: Läufer Paavo Nurmi gewinnt 5 Goldmedaillen

1925

- Einparteiendiktatur in Italien
- Neugründung der NSDAP
- Hindenburg wird nach dem Tod Eberts Reichspräsident
- Europäische Entspannung durch Locarno-Pakt
- Joséphine Baker wird im Bananenröckchen zum Weltstar

1926

- Japans Kaiser Hirohito besteigt den Thron
- Militärputsch Pilsudskis in Polen
- Walt Disneys Mickey Mouse erblickt das Licht der Welt
- Deutschland im Völkerbund

1927

- Stalin entmachtet politische Gegner
- Charles Lindbergh überfliegt den Atlantik
- Uraufführung des Films »Metropolis« von Fritz Lang

1928

- Briand-Kellogg-Pakt zur Kriegsächtung unterzeichnet
- Alexander Fleming entdeckt das Penicillin
- »Dreigroschenoper« von Brecht und Weill uraufgeführt
- Erste Transatlantik-Fluglinie

1929

- Youngplan regelt Reparationen
- »Schwarzer Freitag« in New York löst Weltwirtschaftskrise aus
- Erste Oscar-Verleihung in Hollywood
- Antikriegs-Roman »Im Westen nichts Neues« von Erich Maria Remarque

◀ Unnahbare Schönheit: Marlene Dietrich auf dem Weg zum Welterfolg

Sonntag 4. Januar

Politik

Tiefe Taille und schmale Silhouette: Mode im Zeichen des Art déco

Sie treten ein für die Schaffung einer sozialistischen Republik auf deutschem Boden. Das Parteiorgan »Freiheit« der Unabhängigen Sozialdemokratischen Partei, die sich 1917 in Gotha konstituiert hat, veröffentlicht einen Bericht zur Neugestaltung des Wirtschaftsbezirkes Groß-Berlin nach dem Räteprinzip. Zugleich ruft die »Freiheit« dazu auf, »alle Vorbereitungen zur Übernahme der kapitalistischen Wirtschaft und deren Überleitung zum sozialistischen Gemeinwesen« zu treffen.

Kultur

Vergeblich warten die Leser der Zeitschrift »Die Pleite« auf die heutige Ausgabe. Die von dem deutschen Schriftsteller Wieland Herzfelde herausgegebene dadaistische Zeitschrift ist gestern wegen Staatsgefährdung verboten worden.

Wetter

Wärmer als im Vorjahr ist der Januar 1920 – mit durchschnittlich 2,0 °C. Die Niederschläge klingen allmählich ab.

Dienstag 4. Januar

Politik

Gegen die Ermordung ihrer Genossen protestieren Hunderte von Kommunisten in Flensburg bei der Beisetzung von Paul Hoffmann, der bei einem Fluchtversuch von Polizisten erschossen wurde. Im Verlauf der Protestaktion kommt es zu gewaltsamen Zusammenstößen mit der Schutzpolizei. Immer wieder skandieren die Protestierenden die Namen von Karl Liebknecht und Rosa Luxemburg, die im Januar 1919 von Freikorpsoffizieren ermordet worden waren. Im Laufe der Auseinandersetzung werden 10 Demonstranten getötet und 20 weitere verletzt.

Vornehm und doch lässig: Burberry aus imprägniertem Baumwollstoff

Technik

Täglich von Berlin nach München und zurück verkehren nun Flugzeuge der Deutschen Luft-Reederei. Die DLR eröffnet heute feierlich den Linienflugverkehr zwischen beiden Großstädten.

Wetter

Der Winter verabschiedet sich in diesem Jahr scheinbar schon im Januar. Das Thermometer steigt auf ungewöhnlich hohe Temperaturen um 5 °C.

Mittwoch 4. Januar

Sport

Keiner bleibt so lange oben wie er. In New York stellt der US-Amerikaner Edwin Vinson einen Dauerflug-Weltrekord auf. Er schlägt die bisherigen Weltmeister, die Franzosen Bossoutrot und Bernard, um immerhin zwei Stunden. Mit seinem Metalleindecker bleibt Vinson 26 Stunden, 19 Minuten und 35 Sekunden in der Luft. Die tollkühnen französischen Piloten waren bei ihrem Rekordflug 24 Stunden und 19 Minuten über den Wolken geblieben.

Stars der 20er Jahre

Buster Keaton
Filmschauspieler
Johnny Weissmuller
Schwimmer
Rudolph Valentino
Filmschauspieler
Joséphine Baker
Tänzerin
Charles Lindbergh
Flieger

Gesellschaft

Leider verloren hat die deutsche Champagnerfirma Mumm. Der deutsch-französische Schiedsgerichtshof in Paris entscheidet im Prozeß um den Gebrauch des Firmennamens »Mumm« in Frankreich gegen das renommierte Unternehmen.

Wetter

Grimmiges Winterwetter beherrscht zum ersten Mal seit Jahren wieder den Januar. Die Temperaturen sinken auf durchschnittlich –3,5 °C; der langjährige Mittelwert liegt bei –0,4 °C.

Donnerstag 4. Januar

Politik

Enttäuschte Hoffnungen auf allen Seiten bleiben nach dem Scheitern der Pariser Konferenzen über die deutschen Reparationszahlungen. Nur eine vernünftige Lösung der Reparationsfrage kann Deutschland vor dem Ruin bewahren. Erstmals im Januar 1921 waren die europäischen Regierungen in Paris zusammengekommen, um über die Höhe der vom Deutschen Reich zu leistenden Zahlungen zu verhandeln. Nach dem Scheitern der Gespräche marschieren französische und belgische Truppen am 11. Januar ins Ruhrgebiet ein, um die ausstehenden deutschen Lieferungen einzutreiben.

Gesellschaft

Er kennt seinen Genossen besser als viele andere. In seinem sog. Testament fordert der sowjetische Regierungschef Lenin die Absetzung Stalins als Generalsekretär. Lenin begründet seine Forderung mit »charakterlichen Schwächen« von Stalin. Diese stellt der spätere sowjetische Diktator leider noch zur Genüge unter Beweis.

Wetter

Angenehm mild im Vergleich zum Vorjahr ist das Wetter im Januar 1923. Die Durchschnittstemperatur beträgt 2,2 °C.

Freitag 4. Januar

Gesellschaft

Schade um den schönen Schnaps. Gegen die US-amerikanischen Prohibitionsbehörden protestiert Großbritannien. Die eifrigen Kämpfer gegen Hochprozentiges hatten den mit Schmuggelalkohol beladenen britischen Dampfer »Tomoka« beschlagnahmt. Empört beschweren sich die trinkfesten Briten bei der US-Regierung.

Kultur

Viel zu lachen hat das Premierenpublikum bei dem Lustspiel »Der Halbgott« von Walther von Eynern. Das neue Stück des Schriftstellers, der unter dem Pseudonym Friedrich Walther schreibt, wird im Schloßparktheater in Berlin uraufgeführt.

Gesellschaft

Einfacher werden sollen die Gerichtsverfahren in Deutschland. Heute wird zur Freude nicht nur aller Jurastudenten eine umfassende Justizreform im Deutschen Reich eingeleitet.

Wetter

Mit strengem Frost und ungewöhnlich niedrigen Temperaturen um –3,2 °C präsentiert sich der Januar in diesem Jahr.

1925

Sonntag 4. Januar

Politik

Er kann sein Land nicht länger vertreten. Der italienische Delegierte im Völkerbund, der nationalliberale Antonio Salandra, kündigt seinen Rücktritt aus der internationalen Organisation an. Seine liberalen Auffassungen sind nicht länger mit der Regierungspolitik Benito Mussolinis zu vereinbaren. Der Faschist Mussolini hat im Oktober 1922 die Macht in bella Italia übernommen und führt das Land seitdem mit eiserner Faust.

Rekorde in den 20er Jahren

Schwimmen: J. Weissmuller (USA) – 58,6 sec/ 100 m Freistil (1922)
10 000 m: P. Nurmi (FIN) – 30:06,1 min (1924)
1500 m: O. Peltzer (GER) – 3:51,0 min (1926)
Kugelstoßen: Emil Hirschfeld (GER) – 16,04 m (1928)

Sport

Wintersportfans sind enttäuscht. Wegen der milden Witterung in Europa müssen die meisten geplanten Wintersportwettkämpfe verschoben werden. Lediglich das erste große Skispringen in Davos (Schweiz) kann stattfinden. Hier siegt bei den Junioren Christian Meißer mit einer sensationellen Weite von 35 m.

Wetter

Das Thermometer fällt im Januar auf Tiefstwerte um –3,2 °C. Das frostige Wetter wird von häufigen Schneefällen begleitet.

Montag 4. Januar

Gesellschaft

Einem Naturereignis der seltenen Art können Wissenschaftler in Alaska beiwohnen. Der Mount MacKinley ist in vulkanischer Tätigkeit.

Kultur

Zu frech ist der Stuttgarter Staatsanwaltschaft die politisch-satirische Wochenschrift »Simplicissimus«. Sie läßt die neueste Ausgabe der 1896 erstmals erschienenen Zeitschrift beschlagnahmen, weil Juristen an einer Karikatur Anstoß nehmen, die sich über eine frühere Zensurmaßnahme der Staatsanwaltschaft lustig macht.

Technik

Eine Katastrophe für die Besatzung: Drei deutsche Schiffe sind an der estnischen Küste im Eis steckengeblieben. Es sind weder genügend Lebensmittel, noch Kohlen an Bord.

Wetter

Nach zwei ungewöhnlich kalten Wintern hält sich Väterchen Frost im Januar 1926 etwas zurück. Das Thermometer erreicht Durchschnittswerte, die mit –0,2 °C knapp über dem langjährigen Mittelwert (–0,4 °C) liegen.

1927

Dienstag 4. Januar

Technik

Ein großer Tag für »Quasselstrippen«: Das Fernkabel Berlin-Wien wird feierlich eingeweiht. Doch nicht jeder darf seine Nachrichten über diese Entfernung vermitteln. Die ersten offiziellen Gespräche führen erst einmal der deutsche Reichspräsident Paul von Hindenburg und der österreichische Bundespräsident Michael Hainisch.

Politik

Die »ungleichen Verträge«, mit denen die USA im 19. Jahrhundert ihre Handelsintressen in China durchgesetzt haben, sollen annulliert werden. Mit diesem Entgegenkommen wollen die USA den Einfluß der von der UdSSR unterstützen Kuomintang in China eindämmen.

Preise in den 20er Jahren

1 kg Butter	3,60
1 kg Mehl	0,50
1 kg Fleisch	2,50
1 Ei	0,20
10 kg Kartoffeln	0,80
Stundenlohn	0,93

in RM, Stand 1926
(ohne Inflationsjahre)

Wetter

Recht mild ist der Januar in diesem Jahr. Es herrschen Temperaturen, die mit durchschnittlich 2,3 °C weit über dem langjährigen Mittelwert für den Monat liegen (–0,4 °C). Das sonnige Wetter wird allerdings durch relativ häufige Niederschläge getrübt.

Mittwoch 4. Januar

Politik

Er paßt gut auf, daß Deutschland seinen Reparationszahlungen auch pünktlich und korrekt nachkommt. Der US-amerikanische Regierungsbeamte Parker Gilbert überwacht von Berlin aus die Einhaltung der Reparationsverpflichtungen des Deutschen Reiches. Heute trifft er zur Berichterstattung in Washington ein. Mit Präsident Calvin Coolidge und Außenminister Frank Billings Kellogg beratschlagt er die weitere Vorgehensweise. Auch eventuelle Strafmaßnahmen bei Unregelmäßigkeiten werden in Betracht gezogen.

Kultur

Der Andrang vor dem Berliner Gloria-Palast ist kaum zu bewältigen. Ganz Berlin scheint auf Eintrittskarten für die Filmkomödie »Ein Frack - ein Claque - ein Mädel« wild zu sein. Der Kinofilm von Luther Reed mit Adolphe Menjou in der Hauptrolle wird heute uraufgeführt.

Wetter

Mit klirrender Kälte war das Jahr 1927 zu Ende gegangen. Dagegen herrschen im Januar 1928 vergleichsweise angenehme Temperaturen um 1,3 °C im Schnitt, die deutlich über dem langjährigen Mittelwert (–0,4°C) liegen.

Freitag 4. Januar

Sport

Einen seiner ersten Erfolge feiert der deutsche Schwergewichtsboxer Max Schmeling. Er gewinnt im Madison Square Garden in New York einem Kampf gegen Joe Sekyra (USA) nach Punkten. Zum Mythos des deutschen Sports wird er 1936, als er Joe Louis in der zwölften Runde k.o. schlägt.

Gesellschaft

Frauen konferieren in Frankfurt über den Schutz der Zivilbevölkerung in Kriegszeiten. Zum Ehrenkomitee der Internationalen Frauenliga für Frieden und Freiheit gehören auch Käthe Kollwitz und Selma Lagerlöf.

Kultur

In der Titelrolle der antiken Tragödie »Ödipus Rex« von Sophokles ist Fritz Kortner zu bewundern. Wohl auch deshalb wird die Inszenierung am Schauspielhaus in Berlin zum Publikumserfolg.

Wetter

Ein Rekordwinter bahnt sich 1929 an. Die Januartemperaturen fallen zum ersten Mal seit Jahrzehnten auf durchschnittlich –4,4 °C. Dauerfrost und heftige Schneefälle bestimmen das Wetter.

1930-1939

Highlights des Jahrzehnts

1930

- Mahatma Gandhi startet Salzmarsch
- Marlene Dietrich avanciert im Film »Der Blaue Engel« zum Weltstar
- Uruguay wird erster Fußballweltmeister
- Max Schmeling durch Disqualifikationssieg Boxweltmeister im Schwergewicht

1931

- Spanien wird Republik
- Vorführung des Ganzmetallflugzeugs »Ju 52« (»Tante Ju«)
- Empire State Building höchstes Gebäude der Welt
- Mafia-Boß Al Capone hinter Gittern

1932

- Staatsstreich in Preußen
- Wahlsieg der NSDAP
- Chaco-Krieg um Erdöl zwischen Bolivien und Paraguay
- Proklamation des Staates Saudi-Arabien

1933

- Adolf Hitler zum Reichskanzler ernannt
- Reichstagsbrand in Berlin
- Ermächtigungsgesetz in Kraft
- Deutsche Studenten verbrennen »undeutsche« Literatur

1934

- Nationalsozialistischer Volksgerichtshof gegründet
- »Röhm-Putsch« niedergeschlagen
- Mord an Bundeskanzler Dollfuß – Ende der 1. Republik Österreich
- Maos Kommunisten in China auf dem »Langen Marsch«

1935

- Judenverfolgung mit sog. Nürnberger Gesetzen
- Italien marschiert in Äthiopien ein
- Porsche baut Prototyp für VW »Käfer«
- Deutsch-britisches Flottenabkommen

1936

- Beginn des Spanischen Bürgerkriegs
- Volksfrontregierung in Frankreich
- Ausstellung »Entartete Kunst«
- XI. Olympische Spiele in Berlin zur NS-Propaganda genutzt
- Margaret Mitchell veröffentlicht »Vom Winde verweht«
- Schauprozesse in der UdSSR

1937

- Krieg zwischen Japan und China
- Georg VI. in London gekrönt
- Zeppelin LZ »Hindenburg« explodiert in Lakehurst
- Niederländische Kronprinzessin Juliana heiratet Prinz Bernhard

1938

- »Anschluß« Österreichs ans Deutsche Reich
- Münchner Abkommen soll Hitler bezähmen
- Terror gegen Juden in der »Reichskristallnacht«
- Otto Hahn gelingt erste Atomspaltung

1939

- Deutsche Truppen marschieren in Prag ein
- Hitler-Stalin-Pakt
- Beginn des Zweiten Weltkrieges

◀ **Luftige Show: Akrobaten auf dem Empire State Building (1934)**

Samstag 4. Januar

Politik

Mit nur einem Mann an der Spitze sei das Land immer noch am besten zu regieren. Davon ist der nationalkonservative Politiker Kurt von Schleicher zutiefst überzeugt. Gerüchten zufolge hat General Schleicher bereits eine Konzeption für eine »Präsidialregierung« erarbeitet, in der die Regierung ausschließlich von Reichspräsident Paul von Hindenburg abhängig sei. Wie viele konservative Politiker seiner Zeit glaubt Schleicher, die aktuellen politischen Probleme seien nur mit einer autoritären Regierung zu lösen.

Rekorde in den 30er Jahren

200 m: J. Carlton (AUS) – 20,6 sec (1932)
Weitsprung: Jesse Owens (USA) – 8,13 m (1935)
Weitsprung: Erika Junghans (GER) – 6,07 m (1939)
400 m: Rudolf Harbig (GER) – 46,0 sec (1939)

Politik

In Den Haag streiten schon am zweiten Tage der zweiten Haager Konferenz die Vertreter der europäischen Staaten erbittert über die deutschen Reparationszahlungen.

Wetter

Zu warm ist der Januar 1930. Mit durchschnittlichen 2,2 °C steigen die Temperaturen beachtliche 2,6 °C höher, als es der Monatsstandard verlangt.

Sonntag 4. Januar

Politik

Er überschätzt das deutsche Volk. In Kassel erklärt der Parteivorsitzende des Zentrums, Prälat Ludwig Kaas: »Wenn uns nicht die Verantwortung hielte, würden wir aus pädagogischen Gründen den Nationalsozialisten Platz machen, damit das deutsche Volk ihre blutige Ignoranz erkennt.« Leider sollte erst Jahre später ein verlorener Krieg den Deutschen die Augen öffnen.

Gesellschaft

Immer auf die Kleinen: Im SPD-Organ »Das freie Wort« schlägt der Sozialdemokrat Max Engel als Mittel gegen ruinöse Konkurrenz einen begrenzten Niederlassungsstopp für Kleinbetriebe vor.

Sport

Viel vorgenommen hat sich die deutsche Sportfliegerin Elly Beinhorn. Sie startet in Berlin mit einer 40-PS-Klemm-Maschine zu ihrem ersten Flug in Richtung Afrika. Am 30. April kehrt sie zurück.

Wetter

Knapp über dem Gefrierpunkt bewegen sich die Temperaturen. Schnee- und Regenschauer prägen den Januar.

Montag 4. Januar

Politik

Nicht sehr demokratisch geht es im Königreich Jugoslawien zu. Dort finden Senatswahlen statt, bei denen nur die Kandidaten einer Einheitsliste der konservativen Regierungspartei gewählt werden können. Zu allem Überfluß bestimmen die Wähler sogar nur über die Hälfte der 92 Senatorensitze. Die übrigen 46 Senatoren werden – ganz undemokratisch – von König Alexander I. ernannt.

Kultur

Zwei Publikumslieblinge locken die Berliner ins Kino. Bei der Uraufführung des deutschen Spielfilms »Der Stolz der 3. Kompanie« brauchen sich die Lichtspielhäuser der Hauptstadt nicht über leere Sitze zu beschweren: Heinz Rühmann und Rudolf Platte spielen die Hauptrollen.

Figurbetonte Eleganz in den 30er Jahren: Kostüm aus Wollstoff mit Lederpaspeln

Wetter

Mild zeigt sich der Januar 1932. Das Thermometer erreicht durchschnittlich 1,7 °C. Die Temperaturen liegen damit weit über dem langjährigen Mittel. Die Niederschlagsmenge entspricht fast dem Schnitt.

Mittwoch 4. Januar

Politik

Die Weichen werden gestellt. Reichspräsident Paul von Hindenburg empfängt den früheren NSDAP-Funktionär Gregor Strasser. Er teilt ihm mit, daß er den Plan des konservativen Reichskanzlers Kurt von Schleicher akzeptiert, ihn zum Reichsarbeitsminister und Vizekanzler zu berufen. Gleichzeitig treffen in Köln der NSDAP-Führer Adolf Hitler und Ex-Reichskanzler Franz von Papen zusammen, um über eine gemeinsame Regierungsbildung zu beraten. Damit sind die Nationalsozialisten hoffähig geworden.

Der Herr liebt es eher klassisch: Sommersakko aus hellem Fischgrät

Technik

An Bord des französischen Passagierdampfers »L'Atlantique« bricht ein Großbrand aus. Dabei sterben 20 Passagiere.

Wetter

Ein frostiger Januar mit durchschnittlich –3,3 °C folgt den milden Wintern der letzten Jahre. Als Trostpflaster für die Minustemperaturen überwiegen die Sonnentage. Es fallen kaum Niederschläge.

Donnerstag 4. Januar

Preise in den 30er Jahren

1 kg Butter	2,96
1 kg Mehl	0,47
1 kg Fleisch	1,60
1 l Vollmilch	0,23
1 Ei	0,10
10 kg Kartoffeln	0,90
1 kg Kaffee	5,33
Stundenlohn	0,78

in RM, Stand 1934

Politik

Rosige Zeiten für die US-amerikanische Wirtschaft sieht Präsident Roosevelt voraus. In seiner Botschaft zur Eröffnung des Kongresses in Washington hebt er ausdrücklich hervor, daß sich die USA in einem Prozeß des wirtschaftlichen und politischen Wiederaufbaus befinden. Nach der verheerenden Wirtschaftskrise der letzten Jahren können die US-Bürger wieder auf Arbeitsplätze und angemessene Löhne hoffen.

Gesellschaft

Einen Maulkorb verhängt der deutsche Reichsbischof Ludwig Müller seinen Untergebenen. Evangelischen Pfarrern ist es laut Verordnung fortan untersagt, das nationalsozialistische Regime zu kritisieren. Müller will so für »geordnete Zustände« in der evangelischen Kirche sorgen.

Wetter

Um einiges wärmer als gewöhnlich ist der Januar 1934. Das Thermometer zeigt Werte um 1,2 °C an. Die Temperaturen liegen damit weit über dem langjährigen Mittel von –0,4 °C.

Freitag 4. Januar

Kultur

Eine »märchenhafte« Feier findet heute in der Preußischen Akademie der Wissenschaften in Berlin statt. Zum 150. Geburtstag des Märchendichters und Sprachwissenschaftlers Jakob Grimm (*1785, † 1863) haben die Akademiemitglieder zu einer Gedenkfeier geladen. Tausende von Menschen haben ihre Kindheit mit den Gestalten von Jakob und Wilhelm (* 1786, † 1859) Grimm verbracht. Ihre phantasievollen Märchen sind nicht nur unterhaltend, sondern sie sollen darüber hinaus immer auch einen erzieherischen Beitrag leisten. Die begabten Brüder haben jedoch nicht nur die bekannten »Kinder- und Hausmächen« gesammelt. Beide haben auch Bedeutendes für die Sprach- und Literaturwissenschaft geleistet. Unter anderem erarbeiteten sie ab 1854 das »Deutsche Wörterbuchs«, das erst 1961 vollendet wird.

Stars der 30er Jahre

Louis Armstrong
Trompeter
Marlene Dietrich
Filmschauspielerin
Greta Garbo
Filmschauspielerin
Fred Astaire
Tänzer/Schauspieler
Sonja Henie
Eiskunstläuferin

Wetter

Schnee und Regen sind bei einer mittleren Temperatur von –0,4 °C in diesem Januar vergleichsweise ergiebig. Die Niederschlagsmenge von 56 mm liegt über dem langjährigen Mittel (43 mm).

Samstag 4. Januar

Gesellschaft

Eine bodenlose Frechheit! So meinen zumindest Unternehmer, die ihre Güter mit der Deutschen Reichsbahn befördern lassen. Die nämlich erhöht die Gütertarife um 5 %. Und das, obwohl sie im Vorjahr erhebliche Überschüsse eingefahren hat. Wenn das so weitergeht, befürchten die deutschen Industriellen, muß man die Waren wieder mit Pferd und Wagen in alle Lande transportieren.

Ab heute wissen Musik-Fans immer, wer zu den Top-Ten gehört. Die erste Hitparade wird im New Yorker Musikmagazin »The Billboard« veröffentlicht. Sie basiert auf den Verkaufszahlen der Schallplatten in der Vorwoche. Die bestverkaufte Platte in den USA ist diesmal »Stop, Look and Listen«.

Politik

Italien bereitet die Annexion Abessiniens (heute Äthiopien) vor. Italienische Bomberverbände fliegen massive Einsätze gegen die Stadt Harrar. Bereits 1935 hatten die italienischen Faschisten, ungeachtet weltweiter Proteste, das Kaiserreich besetzt. Am 9. Mai wird die Annexion vollzogen.

Wetter

Angenehm mild ist der Januar 1936. Das Thermometer zeigt Werte um 3,3 °C (langjähriger Mittelwert –0,4 °C). Allerdings werden die häufigen Sonnentage immer wieder von anhaltenden Niederschlägen unterbrochen.

Montag 4. Januar

Gesellschaft

Er hat lange überlegt. Doch nun ist der britische König Georg VI. endgültig zu dem Schluß gekommen, zu seinen Krönungsfeierlichkeiten am 12. Mai 1937 nicht alle gekrönten Häupter der Welt einzuladen. Ausschließen will der intolerante Monarch die farbigen Kollegen. Vielleicht befürchtet er, die »Negerfürsten« könnten seine Gäste schockieren oder seinen großen Festtag nicht gebührend würdigen.

Sport

Wer ist der beste Tennisspieler im ganzen Land? Mit der amtlichen Tennisrangliste der USA, die heute in New York erscheint, ist diese Frage schnell geklärt. Bei den Herren führt Donald Budge, bei den Damen Alice Marble. Budge gewinnt 1937 die Herreneinzel in Wimbledon und beim US Open, das Doppel in Wimbledon und das Mixed in Wimbledon (mit Alice Marble) und bei den US Open.

Wetter

Klirrende Kälte und Dauerfrost bestimmen den Januar in diesem Jahr. Die Temperatur sinkt auf durchschnittlich –3 °C, obwohl die Sonnentage überwiegen und deutlich weniger Niederschläge fallen als in den Vorjahren.

Dienstag 4. Januar

Politik

Sorgen um Palästina machen sich die Politiker in London. Die britische Regierung legt heute ein Weißbuch vor, in dem frühere Überlegungen zur Teilung des Landes, das seit dem Ersten Weltkrieg britisches Völkerbundmandat ist, aufgegriffen werden. Die ständigen Unruhen zwischen der jüdischen und arabischen Bevölkerung lassen eine solche Maßnahme sinnvoll erscheinen. Zugleich wird eine Kommission nach Palästina entsandt, um vor Ort die Bedingungen für eine mögliche Teilung des Landes zu prüfen. Angesichts der sprunghaften Steigerung der Einwohnerzahlen infolge des deutschen Antisemitismus, setzen sich die Araber zur Wehr. Um die Situation zu beruhigen, wird 1939 der jüdischen Gemeinschaft jeglicher Landkauf untersagt. Darüber hinaus schränken die britischen Behörden die Einwanderung von Juden nach Palästina drastisch ein. Am 15. Mai 1948 wird der jüdische Nationalstaat Israel ausgerufen.

»Manege frei« heißt es nicht im Zirkuszelt, sondern auch auf der Mattscheibe. Das erste Mal sendet die BBC Auszüge aus dem Programm des Bertram-Mill-Zirkus, der im »Olympia« in London gastiert.

Wetter

Naßkalte Witterung bringt der Januar 1938. Das Quecksilber steigt auf Werte um 1,8 °C.

Mittwoch 4. Januar

Politik

US-Präsident Franklin Delano Roosevelt warnt in einer Botschaft an den Kongreß vor einer Bedrohung der Demokratie und des Weltfriedens durch die aggressiven Staaten in Europa. Selbst Großbritannien, das lange geglaubt hatte, Hitler durch Zugeständnisse wie die Annexion des tschechoslowakischen Sudetenlandes 1938 befrieden zu können, muß das Scheitern der Appeasementpolitik eingestehen. Im März 1939 läßt Hitler Prag besetzen, im September beginnt mit dem Überfall auf Polen der Zweite Weltkrieg.

Kultur

In die Röhre gucken müssen in den nächsten Tagen Cineasten in Paris. Über 300 Kinos in der französischen Hauptstadt und ihrer Umgebung bleiben geschlossen. Mit diesem Kinostreik protestieren die Besitzer bis zum 7. Januar gegen eine neue städtische Zusatzsteuer auf Filmvorführungen.

Wetter

Von seiner Sonnenseite – trotz relativ häufiger Niederschläge – zeigt sich der Januar 1939. Die Temperaturen bewegen sich um 3,0 °C und liegen damit weit über dem langjährigen Durchschnittswert (–0,4 °C).

1940–1949

Highlights des Jahrzehnts

1940

- Deutscher Luftkrieg gegen Großbritannien
- Beginn der Westoffensive
- Winston Churchill neuer britischer Premierminister

1941

- Schottlandflug von Rudolf Heß
- Deutscher Überfall auf die Sowjetunion
- Japan greift Pearl Harbor an – Kriegseintritt der USA
- »Citizen Kane« von Orson Welles in den Kinos

1942

- Wannsee-Konferenz beschließt Judenvernichtung
- 6. Armee in Stalingrad eingeschlossen
- Beginn alliierter Luftangriffe auf deutsche Städte
- »Casablanca« mit Ingrid Bergman und Humphrey Bogart uraufgeführt

1943

- Goebbels propagiert den »totalen Krieg«
- Ende der Widerstandsgruppe »Weiße Rose«
- Aufstand im Warschauer Ghetto scheitert

1944

- Alliierte landen in der Normandie
- Stauffenberg-Attentat auf Hitler scheitert
- Charles de Gaulle wird Staatschef Frankreichs
- US-Präsident Franklin D. Roosevelt zum dritten Mal wiedergewählt

1945

- KZ Auschwitz befreit
- Bedingungslose Kapitulation Deutschlands
- Vereinte Nationen gegründet
- Beginn der Potsdamer Konferenz
- US-Atombomben zerstören Hiroshima und Nagasaki

1946

- Gründung der SED
- Nürnberger NS-Prozesse
- US-Atombombentests im Südpazifik
- Hilfe durch Care-Pakete aus den USA
- Französischer Kolonialkrieg in Vietnam

1947

- Marshallplan-Hilfe für Europa
- Indien feiert Unabhängigkeit von Großbritannien
- GATT regelt den Welthandel
- Thor Heyerdahls »Kon-Tiki«-Expedition erfolgreich

1948

- Mahatma Gandhi ermordet
- Währungsreform in Ost und West
- UdSSR verhängt Berlin-Blockade
- Staatsgründung Israels
- Korea gespalten
- UNO-Menschenrechtsdeklaration

1949

- Gründung der NATO
- Grundgesetz für die Bundesrepublik Deutschland verkündet
- Konrad Adenauer erster Bundeskanzler
- Proklamation der Deutschen Demokratischen Republik
- Chinesische Revolution

◄ **Charlie Chaplin als »Großer Diktator« (1940)**

Donnerstag 4. Januar

Kultur

Ein großartiger Roman ist auf Zelluloid gebannt worden. Der Film »The Grapes of Wrath« (»Die Früchte des Zorns«), nach dem gleichnamigen Roman von John Steinbeck, wird in New York uraufgeführt. Thema ist die Situation der Landarbeiter in den USA während der Weltwirtschaftskrise. Regisseur dieses Streifens, der zu den progressivsten amerikanischen Filmen seiner Zeit zählt, ist John Ford. In den Hauptrollen sind Henry Fonda und Jane Darwell zu bewundern.

Sport

Elegant schwebt er über das Eis. Eiskunstläufer Horst Faber aus München überzeugt nicht nur das Publikum, sondern auch die Preisrichter. Bei den Deutschen Meisterschaften in Wien gewinnt er den Einzelwettbewerb der Herren. Die amtierenden Weltmeister im Paarlauf, Maxi Herber und Ernst Baier, werden zwei Tage später Deutsche Meister.

Wetter

Eine einzigartige Kältewelle läßt die Temperaturen auf bis zu –40° sinken und sorgt für Dauerfrost und eisige Schneestürme. Die Durchschnittstemperatur für den Januar 1940 erreicht einen sensationellen Wert von –9,6 °C.

Samstag 4. Januar

Politik

Die Bevölkerung Großbritanniens lebt in ständiger Furcht vor Bombardements. Heute greift die deutsche Luftwaffe mit 178 Flugzeugen die britische Stadt Bristol an. Das vornehme Städtchen hat keine große strategische Bedeutung, sondern ist lediglich einer der bekanntesten britischen Badeorte an der See. Der Luftkrieg zwischen Deutschland und Großbritannien ist bereits seit dem Vorjahr in vollem Gange. Am Vortag haben deutsche Flugzeuge 115 t Sprengbomben über der britischen Stadt Cardiff abgeworfen. Grauenvoller Höhepunkt der Angriffe war die Bombardierung von Coventry am 11. November 1940. Es war der bisher schwerste Angriff in der Kriegsgeschichte. Fortan wurde für verheerende Luftangriffe die Bezeichnung »coventrieren« benutzt.

Preise in den 40er Jahren

1 kg Butter	3,50
1 kg Mehl	0,45
1 kg Fleisch	1,60
1 l Vollmilch	0,26
1 Ei	0,12
10 kg Kartoffeln	1,00
1 kg Zucker	0,76
Stundenlohn	0,81

in RM, Stand 1943

Wetter

Hoffnungen auf einen milderen Winter als im Vorjahr werden im Januar 1941 enttäuscht. Die Durchschnittstemperatur liegt bei –6,3 °C (langjähriger Mittelwert: –0,4 °C). Extreme Kälte, Schnee und Dauerfrost bestimmen das Wetter.

Sonntag 4. Januar

Politik

Wohl dem, der sich beizeiten ein eigenes Auto angeschafft hat. Damit ist nämlich für die nächste Zeit Schluß. Durch einen Erlaß der US-amerikanischen Regierung wird in den Vereinigten Staaten der Verkauf von Privatwagen verboten. Gerade für die mobilen Amerikaner ist das besonders bitter. Die gesamte Autoindustrie soll sich auf Erfordernisse der Rüstung umstellen. Anstatt schneller Sportflitzer werden nun wehrhafte Panzer, Flugbomber und Kriegsschiffe gebaut. Die Automobilproduktion wird um 76% gesenkt. Seit dem japanischen Angriff auf Pearl Harbor im Dezember 1941 nehmen die USA am Weltkrieg teil.

Gesellschaft

Wärmende Winterkleidung ist momentan Mangelware. Trotzdem organisieren verschiedene Hilfsorganisationen Spendenaktionen für die Türkei, die gegenwärtig von der schlimmsten Kältewelle seit 25 Jahren heimgesucht wird.

Wetter

Wieder rutschen die Temperaturen wie in den beiden Vorjahren weit unter den langjährigen Mittelwert von –0,4 °C. Mit –3,2 °C bleibt die Kälte allerdings einigermaßen erträglich.

1943

Montag 4. Januar

Politik

Es ist der Anfang vom Ende. Erneut nimmt die Rote Armee bei Stalingrad ihre Angriffe gegen die deutschen Truppen auf, die sie im November 1942 eingekesselt hatte. Nur noch wenige Tage halten die deutschen Soldaten den Angriffen der Sowjets, der Kälte und des Hungers stand. Am 2. Februar kapitulieren die letzten Einheiten der 6. Armee. Über 146 000 Soldaten haben bei Stalingrad den Tod gefunden, rund 90 000 Mann gehen in sowjetische Kriegsgefangenschaft. Diese Niederlage zeigt den schlechten Zustand der deutschen Armee.

Gesellschaft

Unter dem Eindruck der kritischen Situation an der Ostfront weist Reichspropagandaminister Joseph Goebbels die Presse an, die deutsche Bevölkerung zum »totalen Einsatz« der »gesamten Kräfte und Reserven« aufzufordern.

Wetter

Die Kältewelle scheint überstanden. Erstmals seit drei Jahren bietet der Januar wieder höhere Temperaturen. Der Durchschnittswert liegt bei 0,6 °C.

Gehst Du zum Zahnarzt, vergiß Familiensilber oder Goldschmuck nicht! Französische Zahnärzte teilen mit, daß ihre Patienten das für die Behandlung nötige Edelmetall künftig selber mitbringen müssen.

Dienstag 4. Januar

Politik

Ein unwiederbringlicher Verlust für Italien: Die britische Armee greift das Benediktinerkloster Montecassino in Italien an. Die bedeutenden Gebäude aus dem 16. Jahrhundert werden vollständig zerstört. Zum Glück können wertvolle Bestände aus der Bibliothek gerettet werden. Sie waren nach Rom ausgelagert worden. Nach dem Krieg wird die Abtei nach alten Plänen wiederaufgebaut.

Politik

Diese Niederlage kann er sich nicht eingestehen. Auch Generalfeldmarschall Erich von Manstein, der ins Führerhauptquartier »Wolfsschanze« gereist ist, kann den Führer Adolf Hitler nicht davon überzeugen, daß die Dnjeprlinie verloren ist.

Rekorde in den 40er Jahren

5000 m: G. Hägg (SWE) – 13:58,2 min (1942)
Hochsprung: Fanny Blankers-Koen (HOL) – 1,71 m (1943)
Marathon: Suh Yun Bok (KOR) – 2:25:39 h (1947)
Speerwerfen: Natalia Smirnizkaja (URS) – 53,41 m (1949)

Wetter

Ungewöhnlich mild, aber auch besonders feucht ist der Januar in diesem Jahr. Die mittlere Temperatur liegt bei 4,0 °C. Es fallen 71 mm Niederschlag, 28 mm mehr als im langjährigen Durchschnitt. Dementsprechend selten hat die Sonne eine Chance. Sie scheint nur 24 Stunden lang.

Donnerstag 4. Januar

Gesellschaft

Wieder Oberwasser hat die Mafia auf Sizilien. Nach Jahren der Unterdrückung durch das faschistische Regime Mussolinis, der kein organisiertes Verbrechen neben sich duldete, erreicht die Mafia wieder ihre ehemalige Machtposition. Nach Berichten der italienischen Zeitung »Il populo«, dem Organ der christdemokratischen Partei des Landes, kontrollieren in zahlreichen Gemeinden Siziliens Mitglieder der Organisation die örtliche Verwaltung. Das gesamte öffentliche und politische Leben dort wird von Mafiosi unterwandert.

Politik

Sie kennen keine Angst. Im Kampf für ihr Vaterland stürzen sich japanische »Kamikaze«-Flieger zu Tode. Wiederholt greifen die Piloten US-amerikanische Flotteneinheiten auf ihrem Weg zur philippinischen Insel Luzon an. Die Schiffe der Amerikaner werden dabei teilweise schwer beschädigt. Der Krieg im Pazifik endet erst im August, während in Europa ab Mai die Waffen schweigen.

Wetter

Tiefer Winter herrscht im Januar 1945 bei durchschnittlich –2,9 °C. Schneefälle und Dauerfrost begleiten das recht kalte Wetter.

Freitag 4. Januar

Gesellschaft

Das Extravagante an diesem Sommerkleid: der mit Tapeziernägeln besetzte Gürtel

Sein Spitzname lautet »Wiesen-Walter«. Der Dresdner Bürgermeister Walter Weidauer legt einen Aufbauplan für die im Februar 1945 durch Bombenangriffe fast vollständig zerstörte Stadt vor. Seinen Beinamen verdient er sich dadurch, daß er selbst intakte Gebäude vollständig abreißen lassen will. Mitten in der einst bedeutenden Barock-Stadt werden sich bald leere Wiesen ausdehnen – genug Platz für eine neue, sozialistische Vorzeige-Stadt. Nur die kulturell wertvollen Gebäude, darunter der Zwinger, bleiben erhalten.

Gesellschaft

Abends rechtzeitig auf die Uhr gucken muß man künftig in Berlin. Dort wird die Polizeistunde einheitlich auf 22 Uhr festgelegt.

Wetter

Das Thermometer zeigt zwar noch häufig Werte unter dem Gefrierpunkt, mit durchschnittlich –0,8 °C und geringen Niederschlägen bleibt es im Januar 1946 aber freundlicher als im vergangenen Jahr.

Samstag 4. Januar

Gesellschaft

Ein Blatt, das Geschichte(n) schreiben wird, erscheint heute erstmals in Hannover. Interessierte Leser können sich ab sofort im Nachrichtenmagazin »Der Spiegel« über politische Skandale, aufschlußreiche Hintergründe und aktuelle Trends informieren. Schon 1946 hatten britische Besatzungsoffiziere das Magazin, damals allerdings unter dem Namen »Diese Woche« gegründet. Herausgeber und Chefredakteur des »Spiegels« ist Rudolf Augstein, der bereits für »Diese Woche« geschrieben hatte. In den folgenden Jahren sorgt das Nachrichtenmagazin, das seine Redaktion nach Hamburg verlegt, häufig für Schlagzeilen. Besonderen Aufruhr gibt es 1962, als die »Spiegel«-Affäre zum Rücktritt von Verteidigungsminister Strauß führt.

Das Modemagazin »Esquire« stellt diese Abendmode für den Herrn vor

Wetter

Wer aufgrund der maßvollen Dezembertemperaturen einen milden Winter erwartet hatte, wird im Januar 1947 herb enttäuscht. Es herrscht bittere Kälte. Die Durchschnittstemperatur von –3,3 °C liegt weit unter dem langjährigen Mittel für den Monat (–0,4 °C).

Sonntag 4. Januar

Politik

Von Großbritannien in die Unabhängigkeit entlassen wird am heutigen Tage Birma. In der Hauptstadt Rangun ruft die Regierung unter Staatspräsident Sao Shwe Thaik die Republik aus. Der von Großbritannien vorgeschlagene Status eines »Dominions« war kurz zuvor von der provisorischen Regierung des Staates abgelehnt worden. Kurz nach seinem Amtsantritt verkündet Sao Shwe Thaik die föderative Verfassung des Landes.

Kultur

Einen aussichtslosen Kampf führen französische Filmschauspieler. Mehrere bekannte Stars des französischen Films, darunter Jean Marais und Simone Signoret, kritisieren die Überflutung des französischen Kinomarktes mit amerikanischen Filmimporten. Sie sprechen sich entschieden gegen einen weiteren Ankauf der publikumswirksamen Produkte aus Hollywood aus und verlangen eine Förderung des französischen Films. Vergeblich!

Wetter

Von seiner milderen Seite zeigt sich der Januar in diesem Jahr. Die Temperaturen, die bei durchschnittlich 2,7 °C liegen, lassen hier und da bereits Frühlingsahnungen aufkommen.

Dienstag 4. Januar

Politik

Nicht gerne gesehen sind ausländische Firmen in der sowjetischen Zone Deutschlands. Vor allem Ölgesellschaften werden ab sofort ersucht, ihre Tätigkeit in der Ostzone einzustellen. Die Sowjetunion hat einen volkseigenen Petroleumtrust eingerichtet, der fortan die Ölversorgung des Landes sicherstellen soll.

Gesellschaft

Endlich freilassen soll die sowjetische Regierung die noch in der Sowjetunion festgehaltenen deutschen Kriegsgefangenen. Dies fordern die drei Westmächte mit allem Nachdruck. Als ersten Schritt schlagen sie vor, daß genaue Angaben über die Zahl der Gefangenen offengelegt werden. Die letzten sowjetischen Kriegsgefangenen kommen allerdings erst 1956 zurück nach Deutschland.

Wetter

Mit durchschnittlich 1,6 °C präsentiert sich der Januar 1949 zwar nicht so mild wie im Vorjahr, im langjährigen Vergleich (–0,4 °C) schneidet er aber gut ab.

Stars der 40er Jahre

Humphrey Bogart
Filmschauspieler
John Wayne
Filmschauspieler
Katharine Hepburn
Filmschauspielerin
Hans Albers
Filmschauspieler
Joe Louis
Boxer

1950–1959

Highlights des Jahrzehnts

1950

- Ausbruch des Koreakrieges
- Abschaffung der Lebensmittelmarken in Deutschland

1951

- Debatte um die Wiederaufrüstung Deutschlands
- Skandal um Hildegard Knef als »Sünderin«
- Erster Schritt zur europäischen Einigung: Montanunion perfekt
- Der persische Schah Mohammed Resa Pahlewi heiratet Soraya

1952

- Helgoland wieder unter deutscher Verwaltung
- Staatsstreich in Ägypten
- DDR riegelt Grenze ab
- Dwight D. Eisenhower wird zum 34. US-Präsidenten gewählt
- USA zünden Wasserstoffbombe
- In Deutschland bricht das Fernsehzeitalter an

1953

- Tod des sowjetischen Diktators Josef Stalin
- Volksaufstand in der DDR
- Elisabeth II. zur Königin von Großbritannien und Nordirland gekrönt
- Mount Everest: Höchster Berg der Welt bezwungen

1954

- Französische Niederlage in Vietnam
- Deutschland wird in Bern Fußballweltmeister
- Beginn des Algerienkrieges
- Mit »That's alright Mama« beginnt der Aufstieg von Elvis Presley

1955

- Die Bundesrepublik wird ein souveräner Staat
- Gründung des Warschauer Paktes
- Tragischer Tod von James Dean
- Erste »documenta«

1956

- Traumhochzeit von Grace Kelly und Rainier III. von Monaco
- Volksaufstand in Ungarn
- Suezkrise führt zu Nahostkrieg
- Musical »My Fair Lady« beginnt seinen Siegeszug um die Welt

1957

- Gründung der EWG
- »Sputnik-Schock« bildet Auftakt zu Wettlauf im All
- Heinz Rühmann als »Hauptmann von Köpenick« gefeiert
- Erste Massenimpfung gegen Kinderlähmung

1958

- De Gaulle und Adenauer begründen deutsch-französische Freundschaft
- Rock 'n' Roll-Fieber grassiert weltweit
- Pelé – Star der Fußballweltmeisterschaft in Schweden
- Atomium ist Wahrzeichen der Weltausstellung in Brüssel

1959

- Fidel Castro übernimmt die Macht in Kuba
- Hula-Hoop-Welle schwappt aus den USA nach Europa
- Premiere des Marilyn-Monroe-Films »Manche mögen's heiß«
- Erste Bilder von der Rückseite des Mondes

◀ **»Der alte Mann und das Meer«: Ernest Hemingway mit Jagdtrophäe**

Mittwoch 4. Januar

Politik

Er gilt als »Vater des modernen Israel«: Dem Ministerpräsidenten von Israel, David Ben Gurion, wird vom israelischen Parlament das Vertrauen ausgesprochen. Die Volksvertretung billigt damit insbesondere die gegen UN-Beschlüsse verstoßende Entscheidung, den Regierungssitz nach Jerusalem zu verlegen. Ein formeller Beschluß darüber ist – so Ben Gurion – nicht notwendig, da König David bereits vor 2000 Jahren Jerusalem zur Hauptstadt gemacht habe.

Politik

Der kleine Bruder wird auf Linie gebracht: Eine Einschränkung auf die Sowjetische Politik vermuten westdeutsche Politiker hinter dem mehrwöchigen Erholungsurlaub, den DDR-Ministerpräsident Otto Grotewohl in der Sowjetunion antritt. Im Frühjahr begeben sich noch weitere DDR-Politiker, darunter Staatspräsident Wilhelm Pieck und der stellvertretende Ministerpräsident Walter Ulbricht, zu Kuraufenthalten in die UdSSR.

Wetter

Mildes Wetter hatte den Jahreswechsel eingeläutet. Doch im Januar kühlt es sich dann doch noch ab. Die Temperaturen sinken auf –1,4 °C.

Donnerstag 4. Januar

Politik

Ein Ende des Koreakrieges ist in Sicht. US-Präsident Truman erklärt, daß er die Nachschubwege für nordkoreanische Truppen nicht bombardieren lasse. Im Juni 1950 hatte Nordkorea den Nachbarn Südkorea angegriffen und damit den Koreakrieg entfacht. Nachdem UN-Truppen den Südkoreanern zur Hilfe gekommen waren, griff die Volksrepublik China auf seiten Nordkoreas in den Konflikt ein. Im Gegensatz zu US-Präsident Truman, der einen Weltkrieg befürchtet, befürwortet der amerikanische Oberbefehlshaber Douglas Mac Arthur eine Ausweitung des Krieges und wird deshalb im April 1951 abgelöst. Drei Monate später beginnen Waffenstillstandsverhandlungen, die nach zwei Jahren zum Erfolg führen. 1953 schweigen die Waffen, ohne daß es zu einer Änderung des Status quo kommt. Korea bleibt weiterhin am 38. Breitengrad geteilt.

Stars der 50er Jahre

Marilyn Monroe
Filmschauspielerin
James Dean
Filmschauspieler
Elvis Presley
Sänger
Sophia Loren
Filmschauspielerin
Brigitte Bardot
Filmschauspielerin

Wetter

Obwohl die Sonne seltener scheint als in den Vorjahren, steigen die Temperaturen auf durchschnittlich 0,9 °C. Damit ist der Januar recht mild.

1952

Freitag 4. Januar

Kultur

Barlach kein Vorbild für DDR-Künstler: Anläßlich einer Ausstellung in Berlin kritisiert der Journalist Wilhelm Girnus die Werke des Bildhauers Ernst Barlach (* 1870, † 1938). In einem Artikel der SED-Zeitung »Neues Deutschland« beanstandet er, die expressionistische Kunst Barlachs enthalte nichts Zukunftsweisendes und fordert indirekt eine Hinwendung der DDR-Kunst zum Sozialistischen Realismus nach sowjetischem Vorbild.

Wer hätte ahnen können, daß dies einmal die erfolgreichste Sendung im deutschen Fernsehen sein würde: Der Nordwestdeutsche Rundfunk strahlt versuchsweise die erste Ausgabe der Tagesschau aus.

Sport

Abgehängt wird in allen Turnhallen der DDR das Bild des »Turnvaters« Friedrich Jahn. Aufgrund eines ministeriellen Runderlasses spornen statt dessen ab sofort die Porträts von Josef Stalin und Lenin zu sportlichen Hochleistungen an.

Wetter

Extrem trüb ist der Januar 1952. Gegen die anhaltenden Niederschläge hat die Sonne kaum eine Chance. Sie kommt nur für 35 Stunden zum Vorschein, dafür sind die Temperaturen (um 1,0 °C) aber immerhin erträglich .

Sonntag 4. Januar

Politik

Eine Kampfansage an »alle bürgerlichen Ideologien und Reste des kapitalistischen Denkens« richtet das Zentralkomitee der Sozialistischen Einheitspartei Deutschlands (SED). Es bleibt nicht bei der bloßen Androhung. Auf einer Sitzung in Berlin (Ost) beschließt das ZK eine Überprüfung der ideologischen Zuverlässigkeit aller Parteimitglieder. Künftig muß sich jedes Mitglied einer Gewissensprüfung unterziehen, bevor es den Kampf gegen den imperialistischen Feind aufnehmen darf.

Politik

Als zu übertrieben bewerten die drei westlichen Stadtkommandanten in Berlin die Sicherheitsvorkehrungen des Regierenden Bürgermeisters Ernst Reuter (SPD). Er hatte vorgeschlagen, die Westberliner Polizei zur Sicherung der Sektorengrenze mit automatischen Waffen auszustatten. Die Stadtkommandanten jedoch lehnen diese Pläne einstimmig ab.

Wetter

Häufige Niederschläge (56 mm) und Temperaturen von durchschnittlich 0,5 °C bestimmen das Wetter im Januar 1953. Die langjährigen Mittelwerte liegen bei –0,4 °C und 43 mm.

Montag 4. Januar

Im Ruhrgebiet ist Schluß mit billigen Parkmöglichkeiten. Duisburg stellt als erste Stadt in der Bundesrepublik »Parkometer« auf. Für ein paar Groschen kann man das beste Stück am Straßenrand abstellen.

Politik

Harte Geschütze fährt der britische Arbeitgeberverband der Elektroindustrie auf. Er droht den Gewerkschaften bei künftigen Streiks mit unbefristeten Aussperrungen. In den letzten Jahren war es wiederholt zu erbitterten Arbeitskämpfen zwischen Arbeitgebern und den starken Gewerkschaften Großbritanniens gekommen.

Gesellschaft

In einer großangelegten Aktion werden die Bewohner der Küstengebiete in der Bundesrepublik, Dänemark, Belgien und den Niederlanden gerade noch rechtzeitig evakuiert. Wenig später schon überschwemmt eine große Sturmflut weite Teile der Region und sorgt für große Sachschäden. Menschen kommen dank der frühzeitigen Hilfe nicht zu Schaden.

Wetter

Eisigkalt präsentiert sich der Januar in diesem Jahr. Das Thermometer sinkt auf frostige Minuswerte. Die Durchschnittstemperatur liegt bei gerade einmal –3,4 °C.

Dienstag 4. Januar

Politik

Zu unverdienten Ehren kommen nach Meinung der SPD-Fraktion im Deutschen Bundestag Soldaten des Ersten Weltkrieges. Nach Angaben des Innenministeriums in Bonn sind im Haushalt 1955 eine Million DM für den sog. Ehrensold vorgesehen, der an besonders verdiente Soldaten vergeben wird. Es kommt zu einer polemischen Debatte im Bundestag, an deren Ende sich die Regierung Adenauer durchsetzen kann.

Gesellschaft

Hunderttausende sind bereits in ihren Genuß gekommen, und weitere 170 000 werden sich nun über Post freuen können. Die Berliner Dienststelle der Care-Hilfe beginnt mit der Verteilung von 170 000 Lebensmittelpaketen, die von der US-Bevölkerung für Bedürftige gespendet wurden.

Preise in den 50er Jahren

1 kg Butter	6,75
1 kg Mehl	0,76
1 kg Fleisch	5,01
1 l Vollmilch	0,40
1 Ei	0,23
10 kg Kartoffeln	2,14
1 kg Kaffee	21,40
Stundenlohn	1,96

in DM, Stand 1955

Wetter

Überwiegend milde Tage bestimmen das Wetter im Januar 1955. Die Durchschnittstemperatur von 1,8 °C liegt weit über dem langjährigen monatlichen Mittel von –0,4 °C.

Mittwoch 4. Januar

Politik

Bald ist es soweit, dann hat die Bundesrepublik wieder eine eigene Armee. Noch in diesem Jahr werden die ersten Soldaten zum Wehrdienst eingezogen. Nach Mitteilung der amerikanischen Botschaft in Bonn werden die USA Streitkräfte der Bundesrepublik Deutschland mit ebenso modernen Rüstungsgütern ausstatten wie alle anderen NATO-Staaten. Eine erste Lieferung trifft noch im Januar ein. Sie besteht aus leichten Waffen für die Grundausbildung der Soldaten.

Kultur

Stets korrekt und im Zweifelsfall eher weit geschnitten: Herrenmode in den 50ern

Eine weite Verbreitung erhoffen sich die Mitarbeiter des »Radio Free Europe«. Der Sender richtet in Bayern drei neue Stationen ein, mit denen er seine antikommunistischen Sendungen nach Rumänien und Bulgarien verstärken kann.

Wetter

Mäßig kühl ist der Januar in diesem Jahr. Die Temperaturen erreichen einen Durchschnittswert von 0,3 °C. Häufiger Sonnenschein sorgt für zahlreiche heitere Tage.

Freitag 4. Januar

Politik

Kein guter Vorschlag! So beurteilt zumindest die Bundesregierung das Angebot von SED-Chef Walter Ulbricht. Der Staatschef der DDR hatte als Vorstufe zur Wiedervereinigung Deutschlands die Bildung einer Konföderation aus beiden deutschen Staaten in Betracht gezogen. Für die Bonner Regierung ist dies ein inakzeptabler Gedanke. Ihrer Meinung nach existieren ja gar keine zwei deutschen Staaten.

Für eine gute Figur auf der Tanzfläche: Kleid aus Chiné-Taft

Gesellschaft

40 Stunden sind genug. Diese Meinung vertritt die Gewerkschaft Handel, Banken und Versicherungen, die für die Beschäftigten des Groß- und Außenhandels die Einführung der 40-Stunden-Woche fordert – selbstverständlich nur bei vollem Lohnausgleich.

Wetter

Keine Besonderheiten hat der Januar 1957 zu bieten. Die Durchschnittstemperatur liegt bei –0,6 °C, nur 0,2 °C unter dem langjährigen Mittelwert. Es ist relativ trocken.

Samstag 4. Januar

Politik

Einen Vorschlag zur Güte macht der britische Premierminister Harold Macmillan. Er schlägt einen Nichtangriffspakt zwischen dem westlichen Militärblock NATO und der Sowjetunion vor. Im kalten Krieg zwischen Ost und West haben sich die Fronten in den letzten Jahren dermaßen verhärtet, daß eine gewaltsame Eskalation des Konfliktes immer wahrscheinlicher wird.

Rekorde in den 50er Jahren

Kugelstoßen: Jim Fuchs (USA) – 17,95 m (1950)
10 000 m: Emil Zátopek (TCH) – 28:54,6 min (1954)
800 m: R. Moens (BEL) – 1:45,7 min (1955)
Eisschnellauf: Eugen Grischin (URS) – 1000 m in 1:22,8 min (1955)

Technik

»Sputnik 1«, der 1957 von der Sowjetunion ins All geschossene erste künstliche Erdtrabant, verglüht in der Erdatmosphäre. Mit dem »Sputnik«-Start bewies die UdSSR, daß sie über Interkontinentalraketen verfügt, mit denen sie die USA bedrohen kann. Erst Ende Januar können die USA ihrerseits mit »Explorer 1« ihren ersten Satelliten starten.

Wetter

Einen ganz gewöhnlichen Januar bringt das Jahr 1958. Die Temperatur entspricht mit einem Durchschnittswert von –0,4 °C dem langjährigen Mittel.

Sonntag 4. Januar

Gesellschaft

Ihren Widerstand gegen atomare Rüstung kündigen bundesdeutsche Studenten an. Auf einem dreitägigen »Studentenkongreß gegen Atomrüstung«, der heute in Berlin (West) zu Ende geht, fordern sie die Bundesregierung auf, Verhandlungen mit der DDR über einen Friedensvertrag aufzunehmen. Doch auch innerhalb der Studentenschaft ist man sich uneins. So verlassen prominente Teilnehmer wie der SPD-Bundestagsabgeordnete Helmut Schmidt die Veranstaltung aus Protest gegen die Abschlußresolution.

Politik

Immer mehr Staaten erkennen die DDR als rechtmäßigen Staat an. Der Ministerpräsident der DDR, Otto Grotewohl, trifft in Ägypten ein, wo die Einrichtung eines DDR-Generalkonsulats in Kairo beschlossen wird. Um die Anerkennung der DDR zu verhindern, gilt in der BRD die Hallstein-Doktrin, wonach Bonn keine Beziehungen zu Ländern unterhält, welche die DDR anerkennen.

Wetter

Nicht zu kühl und trocken ist der Januar diesmal. Es werden nur 27 mm Niederschläge gemessen. Das Thermometer erreicht Werte um 0,5 °C.

1960–1969

Highlights des Jahrzehnts

1960

- Gründung der EFTA
- Frankreich wird 4. Atommacht
- John F. Kennedy wird 35. Präsident der USA
- Hochzeit des Jahres: Fabiola und König Baudouin von Belgien

1961

- Erster Mensch im Weltraum: der Russe Juri Gagarin
- Bau der Mauer in Berlin
- Gründung von Amnesty International

1962

- Flutkatastrophe an der Nordseeküste und in Hamburg
- Kuba-Krise: USA erzwingen Abbau sowjetischer Raketenbasen
- »Spiegel«-Affäre löst Regierungskrise aus
- Start der erfolgreichsten Serie der Kinogeschichte: James Bond

1963

- Deutsch-Französischer Freundschaftsvertrag
- US-Präsident Kennedy wird in Dallas erschossen
- Marika Kilius und Hans-Jürgen Bäumler werden Weltmeister im Eiskunstlaufen

1964

- Die USA greifen in den Vietnamkrieg ein
- Revolution in der Damenmode: der Minirock
- Der 22jährige Cassius Clay wird jüngster Boxweltmeister
- UdSSR: Breschnew neuer KP-Chef
- Erfolgreichste Pop-Gruppe der 60er: die Beatles
- Den Rolling Stones gelingt der internationale Durchbruch

1965

- Im Alter von 90 Jahren stirbt in London Winston Churchill
- Erste Fotos vom menschlichen Embryo im Mutterleib
- Ziehung der Lottozahlen erstmals im Fernsehen

1966

- Große Koalition aus CDU/CSU und SPD gebildet
- APO beginnt sich zu formieren

1967

- Sechs-Tage-Krieg in Nahost
- Erste Herztransplantation
- Bürgerkrieg in Biafra
- Kult-Musical »Hair« wird uraufgeführt

1968

- Ermordung des schwarzen Bürgerrechtlers Martin Luther King und des US-Präsidentschaftskandidaten Robert Kennedy
- »Prager Frühling« durch Einmarsch von Warschauer-Pakt-Truppen beendet
- Aufklärungswelle erreicht den Schulunterricht

1969

- Willy Brandt wird Kanzler einer sozialliberalen Koalition
- Der erste Mensch betritt den Mond
- »Sesamstraße« begeistert Millionen von Kindern
- Rockfestival in Woodstock

◀ **1969: Die ganze Welt wird vor dem Fernseher mondsüchtig**

Montag 4. Januar

Gesellschaft

Müde aber glücklich sind Vertreter von Arbeitnehmern und Arbeitgebern nach einem 22stündigen Verhandlungsmarathon in Washington. Durch Vermittlung des US-amerikanischen Vizepräsidenten Richard Nixon kann der Arbeitskampf in der Stahlindustrie beigelegt werden. Seit Juli 1959 hatten die Tarifpartner ohne Ergebnis miteinander gestritten.

Welch eine Neuigkeit: Männer favorisieren Hochprozentiges! Nach einer Meinungsumfrage zu Trinkgewohnheiten der Deutschen bevorzugen die Männer am Abend ein Bierchen. Ihre Frauen trinken lieber einen guten Tee. Bohnenkaffee ist bei den Verbrauchern morgens und nachmittags am beliebtesten.

Politik

Konkurrenz bekommt die EWG: Schweden, Norwegen, Dänemark, Großbritannien, Portugal, Österreich und die Schweiz sind Mitglieder eines neuen Handelsblockes neben der EWG. In Stockholm wird heute der Vertrag über die Europäischen Freihandelszone (EFTA) unterzeichnet.

Wetter

Vergleichsweise mild wie schon im Vorjahr präsentiert sich der Januar 1960. Bei 0,5 °C Durchschnittstemperatur bleibt es mit 37 mm trockener als im langjährigen Mittel (43 mm).

Mittwoch 4. Januar

Technik

Ein ganzes Jahr Stau herrscht zwischen Köln und Düsseldorf. Dort wird mit dem sechsspurigen Ausbau der Autobahn begonnen. Deshalb wird der Verkehr auf der stark befahrenen Strecke bis Dezember 1961 nur einspurig geleitet. Die Baukosten betragen satte 35 Millionen DM.

Politik

Welch eine Ungerechtigkeit! Farbigen Studenten in Südafrika wird es verboten, sich an bestimmten Fakultäten der Universitäten zu immatrikulieren. Farbige dürfen in dem Apartheidsstaat weder Rechtsanwälte noch Ärtzte werden.

Kultur

Deutsche Sprache, schwere Sprache: Mehr als 100 Jahre hat es gedauert, bis das »Deutsche Wörterbuch« fertiggestellt ist. Die Gebrüder Grimm hatten bereits 1854 mit den Arbeiten begonnen.

Wetter

Frostig und sonnig verläuft der Januar 1961 – mit einer Durchschnittstemperatur von –0,6 °C und 56 Sonnenstunden. Die 51 mm Niederschlag fallen überwiegend als Schnee.

Donnerstag 4. Januar

»Mini« heißt das Schlagwort der 60er – hier in Form eines Strickkleides

Gesellschaft

Beinahe vom Fleisch gefallen wäre die Pariser Bevölkerung. Seit Beginn des Jahres streiken die Metzger in der französischen Metropole. Damit protestieren sie gegen die von der Regierung festgesetzten Höchstpreise. Doch ihr Arbeitskampf wird ohne Ergebnis beendet. Die Regierung im Land der Feinschmecker droht mit einer Dienstverpflichtung, falls die Fleischer weiterhin die Arbeit verweigern.

Sport

Schneller als die Konkurrenz ist der West-Berliner Langstreckenläufer Peter Kubicki. Er besiegt beim Internationalen Leichtathletik-Fest in São Paulo den Briten Martin Hymann im 5000-m-Lauf. In 14:28,7 min bezwingt er den Briten, der erst kurz zuvor den Silvesterlauf gewonnen hatte.

Wetter

Schneereich beginnt das Jahr, mit mehr Niederschlägen (60 mm) und höheren Temperaturen (0,6 °C) als gewöhnlich. Die langjährigen Mittelwerte liegen bei –0,4 °C und 43 mm.

Freitag 4. Januar

Politik

Erhebliche Zugeständnisse fordert das Bundeskabinett von der Regierung der DDR. Erst wenn der Nachbar den freien Verkehr mit Passierscheinen zwischen Berlin (West) und Berlin (Ost) garantiert, will man von bundesdeutscher Seite einen finanziellen Kredit gewähren. Erst im Dezember desselben Jahres, nach zähen Verhandlungen zwischen den Behörden aus Ost und West, kommt es hierüber zur Einigung. Nun können Westberliner erstmals seit dem Mauerbau im August 1961, ihre Verwandten im Ostteil der Stadt besuchen. Die Regelung gilt allerdings nur vom 20. Dezember 1963 bis zum 5. Januar 1964. Die Sehnsucht der Menschen ist groß. Allein in diesen zwei Wochen werden rund eine Million Passierscheine ausgestellt. Fortan tritt die Besuchsregelung jedes Jahr über Weihnachten in Kraft.

Kurzer Mantel mit Schlaghose: Auch in die Männermode kommt Bewegung

Wetter

Mit Extremwerten wartet der Januar 1963 auf. Die frostigen Temperaturen schwanken um –7,6 °C, und die Niederschlagsmenge von 91 mm ist mehr als doppelt so groß wie im Durchschnitt zu erwarten.

Samstag 4. Januar

Gesellschaft

Ein historisches Ereignis für die gesamte Christenheit ist das Treffen der Oberhäupter der römisch-katholischen und griechisch-orthodoxen Kirchen am Ölberg. Papst Paul VI. ist gestern in Israel eingetroffen. Es ist das erste Mal in der Geschichte, daß ein Papst das Heilige Land besucht. Am zweiten Tag seiner dreitägigen Reise trifft er zu einem Gespräch mit dem griechisch-orthodoxen Patriarchen Athenagoras zusammen. Es ist eine historische Begegnung. Seit dem gescheiterten Unionskonzil zu Florenz und Ferrara im Jahre 1493 waren die Kirchenoberhäupter beider Glaubensrichtungen nicht mehr zusammengekommen. Die Weltöffentlichkeit wertet dieses Ereignis als einen Schritt hin zu einer größeren Toleranz der Religionsgemeinschaften. Gerade in Israel, das wiederholt von religiösen Unruhen erschüttert wird, ist dies ein lang ersehntes Zeichen für den Frieden im Land.

Preise in den 60er Jahren

1 kg Butter	7,58
1 kg Mehl	1,06
1 kg Fleisch	7,91
1 l Vollmilch	0,50
1 Ei	0,21
10 kg Kartoffeln	2,88
1 kg Kaffee	16,61
Stundenlohn	4,15

in DM, Stand 1964

Wetter

Ideale Skibedingungen sichert der Januar 1964 mit mildem Frost von –2,1 °C, der die Niederschläge von 39 mm vorwiegend als Schnee niedergehen läßt.

Montag 4. Januar

Politik

Der »Große Sprung nach vorn« ist mißglückt. Das gleichlautende Wirtschaftsprogramm von Mao Zedong führte nicht zum erhofften wirtschaftlichen Aufschwung und zur Beseitigung des Gegensatzes zwischen Stadt und Land. In Peking legt Chinas Ministerpräsident Chou En-lai vor dem Dritten Nationalen Volkskongreß einen entsprechenden Rechenschaftsbericht vor. Der KP- Vorsitzende Mao mobilisiert daraufhin vor allem die chinesischen Jugend zu Massendemonstrationen gegen verkrustete Strukturen in Partei und Bürokratie. Als »Große Proletarische Kulturrevolution« (ab 1966) macht diese Bewegung Geschichte.

Gesellschaft

Den Mund sehr voll nimmt US-Präsident Lyndon B. Johnson. In einer flammenden Rede vor beiden Häusern des Kongresses, die von Rundfunk und Fernsehen direkt übertragen wird, verkündet er seine Absicht, die USA zu einer Gesellschaft der sozialen Gerechtigkeit zu machen und bekräftigt das Engagement im Vietnamkrieg.

Wetter

Zu warm, wenn es nach den Standardwerten geht, ist der Januar 1965 – mit 2,1 Grad über normal.

1966

Dienstag 4. Januar

Rekorde in den 60er Jahren

Stabhochsprung: Brian Sternberg (USA) – 5,00 m (1963)
Hochsprung: V. Brumel (URS) – 2,28 m (1963)
Weitsprung: Bob Beamon (USA) – 8,90 m (1968)
100 m: Jim Hines (USA) – 9,9 sec (1968)

Gesellschaft

Es hatte festlich begonnen und endete in einem Eklat. Beim jährlich stattfindenden Neujahrsempfang in der Villa Hammerschmidt kommt es zwischen Bundespräsident Heinrich Lübke und Bundeskanzler Ludwig Erhard (CDU) zum Streit. Die Auseinandersetzung hatte sich an der Frage einer großen Koalition entzündet. Bundespräsident Lübke setzt sich vehement für die Bildung einer Regierung von CDU und SPD ein, während Erhard diese Möglichkeit kategorisch ablehnt. Diese Weigerung führt zu seinem Rücktritt als Bundeskanzler. Am Vormittag des 1. Dezembers 1966 wird Kurt Georg Kiesinger vom Bundestag zum neuen Bundeskanzler gewählt. Er stützt sich erstmals in der Geschichte der Bundesrepublik Deutschland auf eine Koalitionsmehrheit von CDU/CSU und SPD.

Wetter

Kräftige Minustemperaturen bringt der Januar in diesem Jahr. Die Temperaturen sacken im Schnitt auf –2,9 °C ab, die zusammen mit häufigen Niederschlägen (58 mm) für Schneereichtum sorgen.

Mittwoch 4. Januar

Politik

Jede weitere Einmischung lehnen Nordvietnam, die Volksrepublik China und der Vietcong ausdrücklich ab. Sie reagieren damit auf ein Angebot des britischen Außenministers George Brown, der im Vietnamkrieg vermitteln wollte. Seit Ende des Zweiten Weltkrieges herrscht in dem zweigeteilten Land ein blutiger Krieg, in dem seit Anfang der 60er Jahre die USA immer stärker beteiligt sind.

Gesellschaft

Aus gegebenem Anlaß berichtet die Weltpresse nochmals über den Fall: Gestern ist Jack Ruby in Dallas an einem Krebsleiden gestorben. Der Barbesitzer nimmt nach Meinung vieler US-Bürger ein Geheimnis mit ins Grab. Ruby hatte wenige Tage nach dem Mord an John F. Kennedy im November 1963 den mutmaßlichen Präsidentenmörder Lee Harvey Oswald erschossen. Damit hat er die endgültige Aufklärung des Falles verhindert.

Wetter

Wärmer und niederschlagsreicher als zu erwarten ist das Wetter im Januar 1967. Die Durchschnittstemperatur liegt mit 0,6 °C um ein Grad, die Niederschlagsmenge mit 55 mm um 25 % über dem langjährigen Mittelwert.

Donnerstag 4. Januar

Politik

Großbritannien muß sparen: Die britische Labourregierung unter Premier Harold Wilson will bis 1971 umgerechnet rund 10 Mrd. DM einsparen, um der Wirtschaftskrise zu begegnen. Verteidigungs - und Sozialetat sind von der Ausgabenkürzung besonders betroffen. Dieses Vorgehen gehört zu einem Bündel von Maßnahmen gegen die Rezession. Bereits im November 1967 hatte Wilson das Pfund abgewertet, um den Export anzukurbeln. Im Mai 1968 wird ein Gesetz über die staatliche Kontrolle von Löhnen, Preisen und Dividenden verabschiedet.

Da geht's zur Sache. Der Erfolg ist dem deutschen Spielfilm »Zur Sache Schätzchen« von May Spils sicher. In der Hauptrolle des Kultfilms, der heute erstmals aufgeführt wird, ist Uschi Glas zu bewundern.

Gesellschaft

Flexiblere Ladenöffnungszeiten im Einzelhandel fordern Vertreter des Kölner Lebensmittelunternehmens Cornelius Stüssgen. Der starre Ladenschluß um 18.30 Uhr wird als längst überholte Regelung bezeichnet.

Wetter

Angenehm frostig bei durchschnittlich –0,9 °C ist der Januar 1968. Die 72 Sonnenscheinstunden machen die Kälte erträglich.

Samstag 4. Januar

Politik

Endlich ein Einsehen hat die spanische Regierung. Sie tritt laut einem in Fez (Marokko) geschlossenen Abkommen die nordwestafrikanische Enklave von Ifni an Marokko ab. Jahrelang hatten die beiden Staaten über dieses Gebiet verhandelt, das seit dem 15. Jahrhundert unter spanischer Souveränität stand. 1957 war es sogar zu blutigen Auseinandersetzungen zwischen spanischen Besatzungstruppen und einheimischen Befreiungskämpfern gekommen.

Stars der 60er Jahre

Die Beatles
Popgruppe
Sean Connery
Filmschauspieler
Pelé
Fußballspieler
Jean Paul Belmondo
Filmschauspieler
Dustin Hoffman
Filmschauspieler

Politik

Frankreich wird Israel keine weiteren Waffen liefern – aus Protest gegen die Weigerung Israels, die seit dem Sechstagekrieg von 1967 besetzten Gebiete, u.a. die Golanhöhen und das Westjordanland, zu räumen.

Wetter

Fast nach Norm verläuft der Januar in diesem Jahr. Mit –0,7 °C liegt die Temperatur knapp unter dem langjährigen Mittelwert (–0,4 °C), die Niederschlagsmenge mit 44 mm knapp darüber (43 mm).

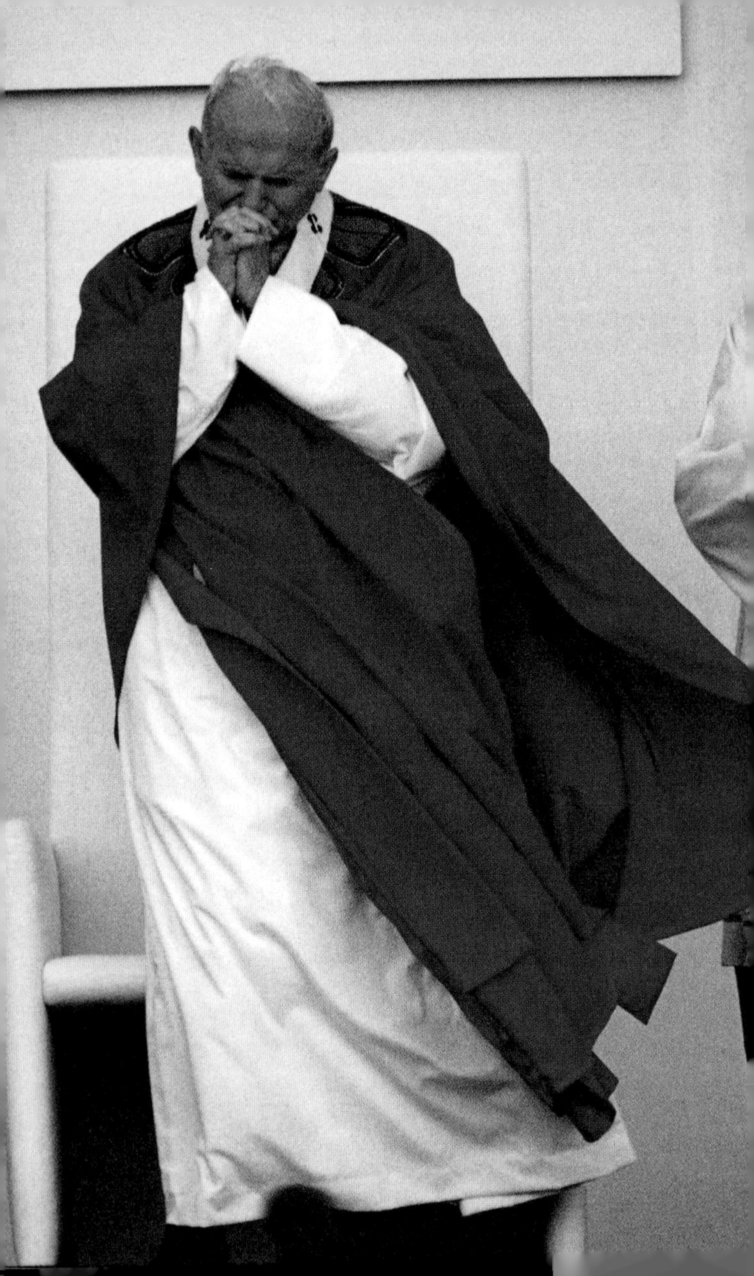

1970–1979

Highlights des Jahrzehnts

1970

- Neue deutsche Ostpolitik: Moskauer und Warschauer Vertrag
- Vietnamkrieg weitet sich auf Kambodscha aus
- Einstellung des Contergan-Prozesses

1971

- Einführung des Frauenwahlrechts in der Schweiz
- Friedensnobelpreis für Willy Brandt
- Hot pants – Modeschlager der Saison
- Kinohit »Love Story« rührt Millionen Zuschauer zu Tränen

1972

- Unterzeichnung des Rüstungskontrollabkommens SALT I
- Verhaftung von Baader-Meinhof-Terroristen
- Überfall palästinensischer Terroristen auf die israelische Mannschaft bei den Olympischen Spielen in München
- Unterzeichnung des Grundvertrages zwischen Bundesrepublik und DDR

1973

- Aufnahme beider deutscher Staaten in die UNO
- USA ziehen ihre Truppen aus Vietnam zurück
- Jom-Kippur-Krieg in Nahost
- Ölkrise: Sonntagsfahrverbot auf bundesdeutschen Straßen

1974

- Guillaume-Affäre stürzt Willy Brandt, neuer Bundeskanzler wird Helmut Schmidt
- Watergate-Affäre zwingt US-Präsident Nixon zum Rücktritt
- Deutschland wird Fußballweltmeister
- »Nelkenrevolution« in Portugal

1975

- Beginn des Bürgerkriegs im Libanon
- Unterzeichnung der KSZE-Schlußakte in Helsinki
- Spanien: Tod Francos und demokratische Reformen unter König Juan Carlos I.
- Einweihung des 3 km langen Elbtunnels in Hamburg
- Volljährigkeit von 21 auf 18 Jahre herabgesetzt

1976

- Umweltkatastrophe in Seveso
- Anschnallpflicht für Autofahrer
- Traumhochzeit des Jahres: Karl XVI. Gustav von Schweden heiratet die Deutsche Silvia Sommerlath

1977

- Entführung und Ermordung des Arbeitgeberpräsidenten Hanns Martin Schleyer
- Emanzipationswelle: Frauenzeitschrift »Emma« erscheint

1978

- Friedensverhandlungen zwischen Israel und Ägypten in Camp David
- In England kommt das erste Retortenbaby zur Welt

1979

- Überfall der Sowjetunion auf Afghanistan
- Schiitenführer Khomeini proklamiert im Iran die Islamische Republik
- Sandinistische Revolution beendet Somoza-Diktatur in Nicaragua

◀ **Reiselustig: Mit Johannes Paul II. wird 1978 erstmals ein Pole Papst**

Sonntag 4. Januar

Rekorde in den 70er Jahren

100 m: Marlies Göhr (GDR) – 10,88 sec (1977)
Hochsprung: Rosemarie Ackermann (GDR) – 2,00 m (1977)
Weitsprung: Vilma Bardauskiene (URS) – 7,09 m (1978)
800 m: S. Coe (GBR) – 1:42,4 min (1979)

Politik

Unruhe herrscht bei den ostasiatischen Partnern der USA. Seitdem US-Präsident Richard M. Nixon 1969 mit der Guam-Doktrin eine Reduzierung der US-Militärhilfe angekündigt hatte, fürchten sie einen möglichen Abzug aller US-Truppen. US-Vizepräsident Spiro T. Agnew beruhigt die befreundeten Regierungen. Er bekräftigt in Bangkok, wie zuvor in Manila, Saigon und Taipeh, die Entschlossenheit der USA, ihre Bündnispflichten in Südostasien zu erfüllen.

Gesellschaft

Einige Tage Erholung hatten sie bitter nötig. Die achtköpfige Familie aus der DDR, der in der Silvesternacht die Flucht über das Eis der Elbe nach Niedersachsen gelungen war, wird heute erstmals von der Presse interviewt.

Wetter

Recht kalt mit Temperaturen von –4,4 °C im Schnitt beginnt das neue Jahr 1970. Die 46 mm Niederschlag fallen überwiegend als Schnee.

Montag 4. Januar

Gesellschaft

Eine bessere soziale Absicherung für geschiedene Frauen fordert der SPD-Fraktionsvorsitzende Wehner. Im Zusammenhang mit der Ehescheidungsrechtsreform, die gegenwärtig im Bundestag beraten wird, fordert er, daß geschiedene Frauen, die in der Ehe nicht berufstätig waren, künftig Anspruch auf Unterhalt durch den Ehemann haben. 1976 wird im Scheidungsrecht das Schuldprinzip durch das Zerrüttungsprinzip abgelöst und ein Versorgungsausgleich für die Frau eingeführt.

Kultur

Er spielt selbst die Hauptrolle. Der französische Dramatiker Eugène Ionesco ist in dem Fernsehfilm »Der Schlamm«, der im dritten Programm der ARD (WDR) erstaufgeführt wird, zu sehen. Das Stück basiert auf einer seiner Erzählungen.

Wetter

Schnee und Eis bringt der Januar 1971, obwohl die Wolken weniger ergiebig sind (35 mm) als gewöhnlich. Ein Grad unter dem Gefrierpunkt liegt die Durchschnittstemperatur.

Die Bücher können sie in die Ecke werfen. Bei einem Versuch, bei dem in Frankfurter Schulklassen mit Hilfe von Zeitungen gelernt wird, machen die Lehrer eine erstaunliche Entdeckung: Die Zeitungslektüre weckt das Interesse der Schüler für Themen im Sozialkundeunterricht leichter als jedes Schulbuch.

Dienstag 4. Januar

Gesellschaft

Der österreichische Diplomat Kurt Waldheim nimmt seine Arbeit als neuer UN-Generalsekretär auf. Er bleibt neun Jahre im Amt. 1986 wird Waldheim zum Bundespräsidenten Österreichs gewählt. Der Wahl geht eine Kampagne voraus, in der Waldheim vorgeworfen wird, während des Zweiten Weltkriegs an Kriegsverbrechen auf dem Balkan beteiligt gewesen zu sein. Eine internationale Historikerkommission kann 1988 diese Behauptung jedoch nicht bestätigen, bescheinigt Waldheim aber »Mitwisserschaft«. Die langwierigen Auseinandersetzungen schaden dem internationalen Ansehen Österreichs erheblich. Erst mit der Wahl Thomas Klestils 1992 endet die politische Isolation des Landes.

Ausgestellte Hosen und viel Schmuck trägt die moderne Frau in den 70er Jahren

Wetter

Trockene Kälte bringt der Jahresanfang 1972. Mit –3,3 °C liegt die mittlere Temperatur um fast drei Kältegrade unter dem langjährigen Durchschnittswert. Die Niederschläge – vorwiegend Schnee – bleiben mit 26 mm ebenfalls deutlich hinter dem langjährigen Mittelwert für den Monat von 43 mm zurück.

Donnerstag 4. Januar

Politik

Endlich öffnet Australien seine Pforten auch für Farbige. Canberra hebt formell die bisherige »White Australia Policy« auf. Damit wird erstmals die Einwanderung von Farbigen möglich. Die Entscheidung der australischen Regierung hat einen konkreten Hintergrund: Mit dieser Regelung will man eine Öffnung des Landes zum benachbarten asiatischen Raum erreichen.

Voll im Zeitgeschmack: Der Midimantel mit aufgesetzten Taschen für kalte Winter

Gesellschaft

So mancher Briefträger in Baden-Württemberg ist gehörig verwirrt. Nachdem am 1. Januar ein Gesetz zur Verwaltungsreform in Kraft getreten ist, haben 13 Kreise neue Namen erhalten. Die ersten Briefe mit den neuen Namen flattern heute in die Briefkästen.

Wetter

Der Januar 1973 tritt sehr gemäßigt auf. Mit 28 mm Regen und Schnee fallen nur etwa 40 % der für den Monat zu erwartenden Niederschläge. Die Durchschnittstemperatur liegt mit 0,3 °C um 0,7 Grad über der Standardmarke für den Januar.

1974

Freitag 4. Januar

Politik

Zum Jahrestag der Unabhängigkeit, die Birma 1948 erlangt hatte, tritt eine neue Verfassung in Kraft. Damit wird der Staat in Südostasien zur »Sozialistischen Republik«. Angeblich stimmten im Dezember 1973 90% der Bevölkerung für die neue Verfassung. Da es fortan ohnehin nur eine einzige Partei, die sozialistische Einheitspartei, gibt, werden weitere Wahlen überflüssig. Das nächste Mal wählt die birmanische Bevölkerung erst wieder 1981.

Kleine Brötchen backen ab sofort die Bäcker Londons. Sie vereinbaren mit der britischen Regierung, die Produktion von Backwaren um 5% zu verringern. Die Maßnahme soll der Energieeinsparung dienen.

Kultur

Eine große Auszeichnung für den Schauspieler Mario Adorf: Er wird mit dem Ernst-Lubitsch-Preis des Jahres 1974 geehrt. Ein Jahr später ist er in der Böll-Verfilmung »Die verlorene Ehre der Katharina Blum« zu sehen.

Wetter

Zu warm und zu feucht ist es im Januar 1974. Bei Temperaturen von 3,5 °C – fast vier Grad über dem langjährigen Mittelwert – fällt mit 53 mm auch 20 % mehr Niederschlag als gewöhnlich.

Samstag 4. Januar

Politik

Gemeinsam sind wir stärker, denken sich die jordanische Regierung und die Palästinensische Befreiungsorganisation PLO. Auf einer Konferenz in Kairo einigen sie sich auf eine gemeinsame Strategie gegenüber Israel.

Gesellschaft

Spione leben gefährlich. US-Präsident Gerald Ford leitet eine Untersuchung gegen den Geheimdienst CIA ein, nachdem diesem vorgeworfen wurde, er habe »Inlandsaufklärung« betrieben.

Technik

Ach Du dickes Ei(s)! Mit Hilfe einer neuen Methode können US-amerikanische Forscher vom Flugzeug aus per Funkmessung die dickste Eisschicht auf der Erde ausmachen. Sie ist unglaubliche 4776 m dick.

Wetter

Sonne und hohe Temperaturen lassen im Januar 1975 keine Wintergefühle aufkommen. 76 Sonnenstunden und 5,0 °C Monatsdurchschnitt liegen weit über den langjährigen Mittelwerten (51 Stunden und –0,4 °C).

Sonntag 4. Januar

Politik

Weit von sich weist US-Präsident Gerald Ford die schon mehrfach aufgestellte Behauptung, daß in den USA Söldner für den Kampf gegen die marxistische MPLA in Angola ausgebildet würden. In Angola kämpfen die MPLA und die von den USA unterstützte UNITA um die Macht.

Gesellschaft

Beruhigt hat sich die Lage an der deutschen Nordseeküste. Nach dem gestrigen Orkan über Nordwesteuropa können heute die ersten Aufräumarbeiten beginnen. Seit Februar 1962 hat die Nordseeküste keine so schwere Sturmflut mehr erlebt. Das Unwetter richtet Schäden in Milliardenhöhe an. Die erneuerten und erhöhten Deiche halten der Flut jedoch stand.

Stars der 70er Jahre

Robert de Niro
Filmschauspieler
Jane Fonda
Filmschauspielerin
Woody Allen
Filmregisseur
Steven Spielberg
Filmregisseur
Muhammad Ali
Boxer

Wetter

Rekordniederschläge bietet der Januar in diesem Jahr. 96 mm – mehr als doppelt soviel wie im langjährigen Mittel (43 mm) – werden registriert. Bei Temperaturen um 0,6 °C geben die Wolken ihre Last häufiger als Schnee ab.

Dienstag 4. Januar

Politik

Ein halbes Jahr Ferien hatten farbige Schüler in der Schwarzensiedlung Soweto bei Johannesburg. Nach rund sechs Monaten Dauer geht dort ein Schulboykott zu Ende, nachdem die weiße Minderheitsregierung Südafrikas die Verordnung zurückgenommen hatte, die Burensprache Afrikaans in zahlreichen Fächern als Unterrichtssprache einzuführen. Im Sommer 1976 war es aufgrund dieser Regierungsanordnung zu heftigen Unruhen gekommen.

Technik

Die Züge rollen wieder auf der 1500 km langen Eisenbahnverbindung zwischen Nord- und Südvietnam. Heute trifft der erste Zug aus der Hauptstadt Hanoi in Ho-Chi-Minh-Stadt, dem früheren Saigon, ein. Somit ist die einst vielbefahrene Strecke zwei Jahre nach Ende des Vietnamkrieges wiederhergestellt. Aufgrund der Teilung des Landes war sie über 25 Jahre unterbrochen gewesen.

Wetter

Recht unspektakulär präsentiert sich der Januar 1977. Mit durchschnittlich 0,7 °C ist es wärmer als üblich (–0,4 °C), und es fällt auch etwas weniger Niederschlag als gewöhnlich (37 statt 43 mm).

Mittwoch 4. Januar

Kultur

Unrechtmäßig bereichert haben sich die früheren Kolonialmächte Tansanias, Belgien, Portugal, Deutschland und Großbritannien. Die tansanische Regierung fordert mehrere Kunstwerke von ihnen zurück, die außer Landes geschafft wurden.

Gesellschaft

Einen unerhörten Fund machen deutsche Archäologen. Bei Ausgrabungen in Bad Hersfeld (Hessen) entdecken sie die Überreste eines der größten deutschen Pfalzbauten aus dem 11. Jahrhundert.

Politik

Fünf Jahre nach seinem Militärputsch kündigt der chilenische Diktator Augusto Pinochet an, daß es in den nächsten zehn Jahren in Chile keine Wahlen geben werde. 1988 spricht sich die Mehrheit der Chilenen gegen eine weitere Amtszeit des Diktators aus. Im Dezember 1989 beginnt mit dem neuen Präsidenten Aylwin ein Demokratisierung des Landes.

Wetter

Der Winter 1977/78 bleibt auch im Januar aus. Mit durchschnittlich 1,5 °C ist es um fast zwei Grad wärmer als im langjährigen Mittel.

Donnerstag 4. Januar

Politik

Das Ende des Schah - Regimes bahnt sich an. Mohammed Resa Pahlawi ernennt den Oppositionspolitiker Schapur Bachtiar zum Ministerpräsidenten und verläßt zwölf Tage später das Land. Am 1. Februar kehrt Ajatollah Khomeini nach 15 Jahren Exil zurück und initiiert die islamische Revolution im Iran.

Gesellschaft

Große Erleichterung macht sich in den zum Notstandsgebiet erklärten Landkreisen in Schleswig-Holstein breit. Dort wird Katastrophen-Entwarnung gegeben. Seit einer Woche ging in dieser Region infolge orkanartiger Winde, heftiger Schneefälle und einer Sturmflut an der Ostseeküste nichts mehr.

Preise in den 70er Jahren

1 kg Butter	8,36
1 kg Mehl	1,16
1 kg Fleisch	10,15
1 l Vollmilch	1,06
1 Ei	0,22
10 kg Kartoffeln	6,44
1 kg Zucker	1,65
Stundenlohn	10,40

in DM, Stand 1975

Wetter

Nach einem milden Dezember wird es zum Jahresanfang 1979 sehr frostig. Mit –3,8 °C liegt die Durchschnittstemperatur um 3,4 Grad niedriger als im langjährigen Mittel. Die Kälte ist unangenehm, da es bei nur 35 Sonnenstunden meist neblig-trüb ist.

1980 - 1989

Highlights des Jahrzehnts

1980

- Golfkrieg zwischen Iran und Irak
- Gründung einer neuen Bundespartei: »Die Grünen«
- Bildung der polnischen Gewerkschaft »Solidarność«

1981

- Attentate auf US-Präsident Ronald Reagan, den Papst und Ägyptens Staatschef Anwar As Sadat
- Erster Start der wiederverwendbaren Raumfähre »Columbia«
- In den USA werden die ersten Fälle von AIDS bekannt
- Hochzeit des Jahres: Der britische Thronfolger Charles, Prince of Wales, heiratet Lady Diana

1982

- Krieg um die Falkland-Inseln
- Sozialliberale Koalition bricht auseinander; Helmut Kohl wird neuer Bundeskanzler
- Selbstjustiz vor Gericht: der »Fall Bachmeier«
- »E. T. – der Außerirdische« wird zum Kinohit

1983

- US-Invasion auf Grenada
- Skandal um gefälschte Hitler-Tagebücher
- Aerobic wird in der Bundesrepublik populär

1984

- Richard von Weizsäcker wird Bundespräsident
- Ermordung von Indiens Ministerpräsidentin Indira Gandhi, Nachfolger wird ihr Sohn Rajiv Gandhi

1985

- Michail Gorbatschow wird neuer Kremlchef
- Sensation: Boris Becker siegt als erster Deutscher in Wimbledon
- »Live-Aid-Concert« für Afrika

1986

- Attentat auf Schwedens Ministerpräsident Olof Palme
- Katastrophe im Kernkraftwerk Tschernobyl
- Explosion der US-Raumfähre »Challenger«
- Premiere des Musicals »Cats« in Hamburg

1987

- Widerstand gegen Volkszählung
- Barschel-Affäre in Kiel
- Matthias Rust landet mit einem Sportflugzeug auf dem Roten Platz in Moskau

1988

- Atommüllskandal in Hessen
- Ende des Golfkriegs
- Geiseldrama von Gladbeck als Medienspektakel
- Dopingskandal überschattet Olympische Spiele in Seoul
- Reagan und Gorbatschow vereinbaren Verschrottung atomarer Mittelstreckenraketen

1989

- Die DDR öffnet ihre Grenzen
- Blutbad auf dem Platz des Himmlischen Friedens in Peking
- Demokratisierungskurs im gesamten Ostblock
- »Exxon Valdez«: Ölpest vor Alaska

◀ Jüngster Wimbledon-Sieger aller Zeiten: Der 17jährige Boris Becker 1985

Freitag 4. Januar

Politik

Die Machtverhältnisse in Mauretanien sind eindeutig. In dem westafrikanischen Staat, der seit 1960 unabhängig ist, übernimmt Ministerpräsident Muhammad Khouna Ould Haydallah auch das Amt des Staatspräsidenten. Damit vereinigt er die ganze Macht in seiner Person. Von einer demokratischen Staatsform sind die meisten Staaten Afrikas noch weit entfernt.

Stars der 80er Jahre

Richard Gere
Filmschauspieler
Madonna
Sängerin
Harrison Ford
Filmschauspieler
Jodie Foster
Filmschauspielerin
Michael Jackson
Sänger

Politik

Harsche Kritik üben US-amerikanische Regierungsvertreter an der gestrigen Erklärung der Sowjetunion. Diese hatte klargestellt, daß sie nicht mit der NATO über einen Abbau der Mittelstreckenraketen in Europa verhandeln werde, solange der Nachrüstungsbeschluß nicht aufgehoben werde.

Wetter

Trocken und sehr kalt ist der Januar 1980. Mit –3,5 °C liegt die Durchschnittstemperatur mehr als drei Grad unter dem langjährigen Mittel. Es fällt kaum die Hälfte des üblichen Niederschlags.

Sonntag 4. Januar

Politik

Nichts nachweisen konnte die Berliner Staatsanwaltschaft der Schering AG. Sie muß heute das Ermittlungsverfahren gegen den Arzneimittelkonzern einstellen. Das von dem Unternehmen hergestellte Hormonpräparat Duogynon steht im Verdacht, Kindesmißbildungen zu verursachen.

Gesellschaft

Die Zahl der Anhänger der Guillotine hat den höchsten Stand seit zehn Jahren erreicht. Nach einer Umfrage befürworten 63% der Franzosen die Todesstrafe, nur 31% fordern ihre Abschaffung.

Gesellschaft

Endlich in Sicherheit fühlt sich die britische Bevölkerung. Die Polizei nimmt bei ihrer Fahndung nach dem berüchtigten Massenmörder »Yorkshire Ripper« den LKW-Fahrer Peter Sutcliffe als mutmaßlichen Täter fest.

Wetter

Mittelmäßige Wetterbedingungen herrschen im Januar 1981. Lediglich die Sonnenscheindauer fällt aus der Reihe; sie liegt mit 43 Stunden etwas niedriger als üblich.

Montag 4. Januar

Politik

Einen besseren Eindruck als sein Vorgänger macht der bisherige stellvertretende Außenminister William Clark, der zum neuen Sicherheitsberater von US-Präsident Ronald Reagan ernannt wird. Sein Vorgänger Richard Allen hat sich im November 1981 vom Dienst suspendieren lassen. Gegen ihn war eine Untersuchung wegen des Vorwurfs der Korruption eingeleitet worden.

Politik

Nicht die besten Freunde sind der deutsche Bundeskanzler Helmut Schmidt (SPD) und US-Präsident Ronald Reagan. Die beiden Staatschefs treffen heute zu Gesprächen in Washington zusammen. Auf dem Protokoll stehen Fragen der Sicherheits- und Wirtschaftspolitik.

Auffällig unauffällig: So stellt sich die lässige Frau der 80er ihre Mode zusammen

Wetter

Tiefer Winter herrscht im Januar 1982. Es ist mit Temperaturen um –2,4 °C zwei Grad kälter als im langjährigen Mittel. Dafür zeigt sich die Sonne mit 61 Stunden etwas häufiger, als zu erwarten ist.

Dienstag 4. Januar

Politik

Sie kämpfen für ein unabhängiges Korsika. Mit gewaltsamen Mitteln will die radikale Organisation des korsischen Separatismus, die FLNC (Front pour la libération nationale de la Corse), die Abspaltung von Frankreich erreichen. Die französische Regierung verbietet die Organisation, die bereits für viele Terroranschläge auf der Insel verantwortlich zeichnet.

Leger und bequem: Herrenmode im Oversize-Stil mit Jackenmantel

Kultur

Eine große Auszeichnung nimmt der deutsche Lyriker Karl Krolow entgegen. Ihm wird der Hessische Kulturpreis 1983, dotiert mit 50 000 DM, feierlich überreicht. 1956 war Krolow bereits mit dem Georg-Büchner-Preis ausgezeichnet worden.

Wetter

Naß und bei weitem zu warm ist der Jahreseinstieg 1983. Mit 80 mm fällt fast doppelt soviel Niederschlag wie gewöhnlich, und die Berechnung der Durchschnittstemperatur ergibt beachtliche 4,8 °C – das sind 5,2 Grad mehr als üblich.

Mittwoch 4. Januar

Technik

Zu fremden Ufern bricht heute das brasilianische Forschungsschiff »Barão de Teffe« auf. Es verläßt den Hafen von Rio de Janeiro in Richtung Antarktis. An Bord befinden sich Wissenschaftler und Techniker, die auf der Palmer-Halbinsel den ersten Forschungsstützpunkt Brasiliens in der Antarktis errichten sollen.

Kultur

Begeisterungsstürme entfacht die Premiere des Schauspiels »Warten auf Godot« von Samuel Beckett. Das Publikum ist von der Inszenierung George Taboris an den Münchener Kammerspielen begeistert. Immer wieder lassen die Theaterfreunde den britischen Dramatiker und Regisseur auf die Bühne kommen, um ihm ihren Beifall zu spenden. Tabori lebt und arbeitet seit den frühen 70er Jahren im deutschsprachigen Raum. Vorher hatte er lange Zeit in den USA und Großbritannien gewirkt.

Wetter

Wolkenverhangen und regnerisch ist der Januar in diesem Jahr. Es fallen mit 73 mm Niederschlag 30 mm mehr als im langjährigen Mittel, und die Sonne kommt nur für 37 Stunden (statt 56) hervor. Die Durchschnittstemperatur beträgt 1,6 °C.

1985

Freitag 4. Januar

Politik

Eine offizielle Entschuldigung bietet die UdSSR den Regierungen Schwedens und Finnlands für die Verletzung ihres Luftraumes an. Am 28. Dezember des Vorjahres hatte ein sowjetischen Kriegsschiff einen Marschflugkörper abgefeuert, der aufgrund eines technischen Fehlers über Nordfinnland abgestürzt war. Das Versehen hatte die ganze Welt in Alarm versetzt.

Politik

Europäischer Stahl wird in den USA Mangelware. Die EG vereinbart mit den USA eine Beschränkung des Stahlröhrenexports. Damit reagiert die Europäische Gemeinschaft auf die Kritik Washingtons an den Subventionen für die europäischen Stahlunternehmen.

Das erste Retortenbaby wird geboren. »Baby Cotton« kommt zur Welt. Gegen rund 25 000 DM hatte eine Leihmutter das künstlich gezeugte Baby ausgetragen, weil die »geistige Mutter« keine Kinder bekommen kann. Die Geburt führt weltweit zu einer Diskussion über die kommerzielle Leihmutterschaft.

Wetter

Eisige Kälte herrscht im ersten Monat des Jahres 1985. Fast fünf Grad unter das langjährige Mittel (–0,4 °C) fallen die Temperaturen im Durchschnitt. Hochnebel läßt nur 45 Sonnenstunden zu – normal sind 56.

Samstag 4. Januar

Politik

Eine Diskussion über die Sicherheit der Atomindustrie wird unumgänglich. Ein Unfall in der Urananreicherungsanlage in Gore im US-Bundesstaat Oklahoma fordert ein Menschenleben und 91 Verletzte. Alle Einrichtungen, die mit solch hochgefährlichen Substanzen arbeiten, sollen nun überprüft werden. Am 26. April wird die Öffentlichkeit durch den Reaktorunfall in Tschernobyl in Angst versetzt.

Preise in den 80er Jahren

1 kg Butter	9,44
1 kg Mehl	1,36
1 kg Fleisch	11,83
1 l Vollmilch	1,22
1 Ei	0,26
10 kg Kartoffeln	8,84
1 kg Zucker	1,94
Stundenlohn	17,23

in DM, Stand 1985

Technik

Eine Katastrophe für die Umwelt ist der Tankerunfall auf der Elbe vor Brunsbüttel. Mehrere hundert Helfer sind im Einsatz, nachdem gestern 260 t schweres Heizöl in die Elbe geflossen sind. Das panamaische Tankmotorschiff »Brady Maria« war mit dem britischen Motorschiff »Waylink« zusammengestoßen.

Wetter

Mild, aber naß präsentiert sich der Jahresbeginn 1986. Die Durchschnittstemperatur liegt knapp über dem Gefrierpunkt (0,4 °C).

Sonntag 4. Januar

Politik

Nicht sehr diplomatisch verhält sich der deutsche Kanzler. Auf einer Veranstaltung der CDU in Dortmund zur Bundestagswahl bezeichnet Helmut Kohl die DDR als »ein politisches Regime, das politische Gefangene in Gefängnissen und Konzentrationslagern hält«. Dieser Vergleich ruft natürlich den offiziellen Protest des Ständigen Vertreters der DDR in Bonn hervor. Aber auch die SPD-Opposition kritisiert die Äußerungen des Kanzlers aufs heftigste.

Gesellschaft

Endlich überstanden hat ein 82 Jahre alter ägyptischer Jude sein Martyrium. Der alte Mann stirbt im Keller einer Kairoer Villa. Dort hatte er sich 34 Jahre lang vor der Öffentlichkeit verborgen. Nach der ägyptischen Revolution von 1952 fürchtete er um seine Sicherheit. Sein Heimatland wollte er aber unter keinen Umständen verlassen.

Wetter

Kalt ist es im Januar 1987. Das Thermometer fällt im Monatsschnitt auf –6,9 °C (langjähriges Mittel –0,4 °C). Die Wolken sind mit 73 mm Niederschlag wesentlich ergiebiger, als in diesem Monat zu erwarten wäre (43 mm).

Montag 4. Januar

Gesellschaft

Die spektakuläre Aktion endet mit großem Erfolg: Nach 74 Tagen auf hoher See erreicht der 52jährige Abenteurer Rüdiger Nehberg die brasilianische Küste. Er hatte mit seinem Katamaran ganz allein den Atlantik überquert. Doch diese Aktion dient nicht allein der Selbstbestätigung. Der Hamburger Bäckermeister will mit der halsbrecherischen Expedition auf die bedrohte Lage brasilianischer Indianerstämme aufmerksam machen. Seit Jahren sind deren Lebensräume durch rücksichtslose Rodungen und die Ausbeutung von Bodenschätzen akut gefährdet.

Gesellschaft

Aus »Chaoten« werden rechtmäßige Mieter. Die Bewohner der besetzten Häuser in der Hamburger Hafenstraße erhalten nach langem Ringen einen Nutzungsvertrag. Um die Hafenstraße, eine Hochburg der links-autonomen Szene, hatte es monatelang Auseinandersetzungen gegeben.

Wetter

Zu warm präsentiert sich der Januar in diesem Jahr. Nach der Kälte des Vorjahres fällt nun bei einer Durchschnittstemperatur von 3,6 °C (vier Grad zu warm) der Niederschlag als Regen.

Mittwoch 4. Januar

Politik

Immer mehr Mut fassen chinesische Studenten angesichts des Reformkurses von Staatschef Deng Xiaoping. Heute treten mehrere hundert afrikanische Studenten in Peking und anderen chinesischen Städten in einen Vorlesungsstreik. Sie werfen den Chinesen Rassendiskriminierung vor. Eine solche Protestaktion wäre noch vor einigen Jahren undenkbar gewesen. Doch bald schon findet der Reformkurs der Regierung ein abruptes Ende. Bereits am 4. Juni 1989 wird die hauptsächlich von Studenten getragene Demokratiebewegung mit einem Massaker der Volksbefreiungsarmee brutal niedergeschlagen. Deng Xiaoping läßt auf dem »Platz des himmlischen Friedens« in Peking auf Demonstranten schießen. Nach inoffiziellen Schätzungen kommen 3600 Menschen ums Leben.

Rekorde in den 80er Jahren

1500 m: S. Aouita (MAR) – 3:29,46 min (1985)
Stabhochsprung: Sergej Bubka (URS) – 6,00 m (1985)
100 m: Florence Griffith (USA) – 10,49 sec (1988)
Hochsprung: Javier Sotomayor (CUB) – 2,44 m (1989)

Wetter

Einen Hauch von Frühling bringt der Jahresanfang 1989. Bei 68 Sonnenstunden klettern die Temperaturen bis zu einem Durchschnittswert von 3,4 °C – vier Grad über den langjährigen Mittelwert. Dabei ist es mit nur 13 mm Regen auch sehr trocken.

INAUGURATION OF

Highlights des Jahrzehnts

1990

- Wiedervereinigung Deutschlands
- Südafrika: Nelson Mandela nach 27jähriger Haft freigelassen
- Irakische Truppen überfallen das Emirat Kuwait
- Gewerkschaftsführer Lech Walesa neuer polnischer Präsident
- Litauen erklärt Unabhängigkeit
- Deutsche Fußballnationalelf zum dritten Mal Weltmeister
- Star-Tenöre Carreras, Domingo und Pavarotti treten gemeinsam auf

1991

- Alliierte befreien Kuwait und beenden Golfkrieg
- Auflösung des Warschauer Pakts
- Bürgerkrieg in Jugoslawien
- Auflösung der Sowjetunion – Gründung der GUS
- Sensationeller archäologischer Fund: »Ötzi«
- Vertrag von Maastricht
- Sieben Oscars für Kevin Costners »Der mit dem Wolf tanzt«
- Bürgerkrieg in Somalia
- Frieden im Libanon

1992

- Abschaffung der Apartheid-Politik in Südafrika
- Entsendung von UNO-Blauhelmsoldaten nach Jugoslawien
- Tod des ehemaligen Bundeskanzlers Willy Brandt
- Bill Clinton zum 42. US-Präsidenten gewählt
- In Hamburg wird mit Maria Jepsen zum ersten Mal eine Frau Bischöfin
- Fertigstellung des Rhein-Main-Donau-Kanals

1993

- Teilung der ČSFR in die Tschechische und die Slowakische Republik
- Rechtsradikale Gewaltakte gegen Ausländer
- Gaza-Jericho-Abkommen zwischen Israel und der PLO
- Skandal um HIV-Blutplasma
- Einführung von fünfstelligen Postleitzahlen im Bundesgebiet
- Sexskandal um Pop-Star Michael Jackson

1994

- Nelson Mandela erster schwarzer Präsident Südafrikas
- Fertigstellung des Eurotunnels unter dem Ärmelkanal
- Über 900 Todesopfer beim Untergang der Fähre »Estonia«
- Abzug der letzten russischen Truppen aus Berlin
- Michael Schumacher erster deutscher Formel-1-Weltmeister

1995

- Weltweite Proteste gegen französische Atomversuche im Pazifik
- Giftgasanschlag in Tokio
- Einführung von Pflegeversicherung und Solidaritätszuschlag
- Verpackungskünstler Christo verhüllt den Berliner Reichstag
- Ermordung des israelischen Regierungschefs Yitzhak Rabin
- Friedensvertrag für Bosnien

1996

- Arafat gewinnt Wahlen in Palästina
- IRA kündigt Waffenstillstand auf
- 100 Jahre Olympia: Jubiläumsspiele der Superlative in Atlanta

◄ **Der Präsident spielt Saxophon: Bill Clinton feiert 1993 die Amtseinführung**

Donnerstag 4. Januar

Politik

Einen »dritten« Weg sucht die DDR-Opposition, die sich heute für die kommenden Wahlen zur Volkskammer in einem Bündnis zusammenschließt. Es vereinigt u.a. das Neue Forum und den Demokratischen Aufbruch. Die Mitglieder wollen Demokratie und Sozialismus in Einklang bringen.

Gesellschaft

Gerechtigkeit wird endlich den politischen Gefangenen Rumäniens zuteil. Die neue rumänische Führung erläßt eine Amnestie für alle Gefangenen, die in der Diktatur seit 1947 abgeurteilt wurden.

Gesellschaft

Überglücklich schließen die Eltern ihr Baby in die Arme. Nach einer erfolgreichen Herzoperation im Mutterleib ist der Junge in London zur Welt gekommen.

Wetter

Als Fortsetzung des Herbstes erscheint der Januar 1990: Bei viel zu warmen 3,9 °C im Monatsdurchschnitt herrscht nebligtrübes Wetter vor. Die Sonne zeigt sich nur 33 Stunden – etwa 40 % weniger als im langjährigen Mittel.

1991

Freitag 4. Januar

Technik

Eine Pumpe für die »Pumpe« läßt viele Herzkranke Hoffnung schöpfen. Die US-Arzneimittelbehörde (FDA) erlaubt den Einsatz einer neuartigen Blutpumpe. Sie soll das Herz von Kranken solange unterstützen, bis ein geeignetes Spenderorgan für eine Transplantation gefunden ist. Nicht mehr medizinische Schwierigkeiten, sondern Mangel an geeigneten Organen ist inzwischen das größte Hemmnis bei Transplantationen.

Gesellschaft

Um Preise feilschen das Bundesgesundheitsministerium und die Pharmaindustrie. Letztere hatte nach dem im Einigungsvertrag festgelegten Preisabschlag für Arzneimittel die Lieferung nach Ostdeutschland gestoppt. Heute wird nun endlich ein Kompromiß gefunden.

Preise in den 90er Jahren

1 kg Butter	8,20
1 kg Mehl	1,21
1 kg Fleisch	12,85
1 l Vollmilch	1,33
1 Ei	0,27
10 kg Kartoffeln	10,30
1 kg Zucker	1,92
Stundenlohn	24,91

in DM, Stand 1993

Wetter

Mild und heiter kommt der Jahresbeginn 1991 daher. 75 Sonnenstunden treiben die Durchschnittstemperatur auf 2,4 °C. Nur 25 mm Niederschlag fallen.

Samstag 4. Januar

Politik

Die Nachfrage sprengt alle Erwartungen. In den ersten Tagen nach Offenlegung der Stasi-Akten sind bereits mehrere hundert Opfer des früheren DDR-Staatssicherheitsdienstes (Stasi) bei der Gauck-Behörde vorstellig geworden, um Einsicht in die über sie angelegten Dossiers zu nehmen. Es warten noch Akten von rund 6 Mio. Personen darauf, eingesehen zu werden. Das ganze Ausmaß der Bespitzelung in der DDR ist erst nach der Öffnung der Archive wirklich deutlich geworden.

Gesellschaft

Die Welt ist besorgt über die zunehmenden Naturkatastrophen. In Baltimore richtet ein Sturm mit Geschwindigkeiten von 110 km pro Stunde in den US-Bundesstaaten Maryland, Delaware und New Jersey schwere Schäden an.

Krawatte ist kein Muß mehr: Anzug mit zweireihigem Sakko

Wetter

Die Welle der »winterlosen« Jahre hält an. Mit einer Durchschnittstemperatur von 1,6 °C bleibt auch der Januar 1992 zu warm und – mit 39 mm – etwas zu trocken.

Montag 4. Januar

Politik

Ein schwacher Hoffnungsschimmer für die Bevölkerung Somalias: In Addis Abeba treffen bei der UNO-Friedenskonferenz erstmals Vertreter der 14 Bürgerkriegsparteien zusammen. Somalia hat seit 1991 keine funktionierende Regierung mehr. Verfeindete Clanchefs stehen seitdem in bewaffnetem Konflikt miteinander. Seit Dezember 1992 versuchen Truppen im Rahmen eines UN-Auftrags, die wichtigsten von ihnen zur Zusammenarbeit zu bringen oder auszuschalten. Doch der Versuch einer friedlichen Einigung scheitert. Der als humanitäre Aktion begonnene Einmarsch trägt zunehmend den Charakter einer militärischen Einmischung in den somalischen Bandenkrieg. Und alle Zusagen der Clanchefs, zu einer versöhnlichen Lösung zu kommen, erweisen sich als Lippenbekenntnisse.

Für die heißen Sommer der 90er Jahre: Kleid mit Bustieroberteil

Wetter

Mit Temperaturen um 2,5 °C ist es fast drei Grad zu warm, 59 mm Niederschlag bedeuten 40 % zuviel Regen, und auch die Sonne zeigt sich mit 86 Stunden 30 Stunden länger als gewöhnlich.

Dienstag 4. Januar

Politik

Als erste ehemalige Sowjetrepublik beantragtLitauen die Mitgliedschaft in der NATO. Alle drei 1940 von der UdSSR annektierten baltischen Staaten (Litauen, Estland und Lettland) hatten seit 1989 auf ihre Unabhängigkeit gedrängt. Der Republik Litauen steht nach freien Wahlen im Februar 1990 mit Vitautas Landsbergis von der Unabhängigkeitsbewegung »Sajudis« erstmals ein nichtkommunistischer Staatspräsident vor.

Stars der 90er Jahre

Kevin Costner
Filmschauspieler
Julia Roberts
Filmschauspielerin
Whitney Houston
Sängerin
Michael Schumacher
Rennfahrer
Luciano Pavarotti
Sänger

Gesellschaft

Empfindlich im Portemonnaie spüren die Bundesbürger die Sparmaßnahmen der Regierung. Zum Jahreswechsel sind u.a. eine Erhöhung der Mineralölsteuer sowie Kürzungen bei den Lohnersatzleistungen in Kraft getreten.

Wetter

Auch im Januar 1994 herrscht kein »richtiger« Winter. Bei 3,5 °C Durchschnittstemperatur fallen die 90 mm Niederschlag – über 100 % über dem langjährigen Mittelwert – ausnahmslos als Regen.

Mittwoch 4. Januar

Politik

Eine große Herausforderung für Bill Clinton: Erstmals seit 1954 halten die Republikaner sowohl im Abgeordnetenhaus als auch im Senat der Vereinigten Staaten von Amerika die Mehrheit. Der Demokrat Clinton ist gezwungen, seinen politischen Gegnern Zugeständnisse zu machen. Zur Zufriedenheit von Bob Dole, dem Herausforderer Clintons bei der Präsidentenwahl 1996, bietet der Präsident den Republikanern eine Zusammenarbeit bei Sachfragen an. Seine Vorschläge, Steuererleichterungen für Angehörige der Mittelschicht und eine Erhöhung der Verteidigungsausgaben bis zur Jahrtausendwende durchzusetzen, werden jedoch von Senat und Abgeordnetenhaus abgelehnt. Clinton wiederum spielt nicht mit bei dem Plan der Republikaner, die Sozialausgaben kräftig zu kürzen. Hierzu legt er am 7. Juni 1995 erstmals in seiner Amtszeit ein Veto ein.

Rekorde in den 90er Jahren

Weitsprung: Mike Powell (USA) – 8,95 m (1991)
110 m Hürden: Colin Jackson (USA) – 12,91 sec (1993)
Skifliegen: E. Bredesen (NOR) – 209 m (1994)
Dreisprung: J. Edwards (GBR) – 18,29 m (1995)

Wetter

Regennaß und kühl verläuft der Januar 1995. Temperaturen um 0,7 °C rufen bei 60 mm Niederschlägen an so manchem Tag klamme Gefühle hervor.

Donnerstag 4. Januar

Samstag 4. Januar

Sonntag 4. Januar

Jane Wyman

***4.1.1914 St. Joseph/Missouri**

Sie gefiel sich in den meisten Filmen in der Rolle der braven amerikanischen Hausfrau. Ihr wirkliches Leben war allerdings weniger beschaulich. Ihre erste Ehe gab die amerikanische Schauspielerin für einen Kollegen auf, der Jahrzehnte später die größte Rolle seines Lebens nicht vor der Kamera, sondern in der Politik spielen sollte: Ronald Reagan. Nach der baldigen Trennung tröstete sich Jane Wyman mit dem Sänger Freddy Carger, den sie gleich zu ihrem dritten, und nach der Scheidung später auch zu ihrem vierten Ehemann machte.

Freitag 4. Januar

Dianne Cannon

***4.1.1935 Tacoma/Washington**

Es war bestimmt nicht leicht für die amerikanische Schauspielerin Dianne Cannon, immer im Schatten ihres sehr viel berühmteren Ehemannes zu stehen. Doch Cary Grant wird seine Ehefrau garantiert mit dem für ihn typischen humorvollen Charme getröstet haben. Um ihn bei seinen wochenlangen Dreharbeiten begleiten zu können, vernachlässigte Dianne Cannon selbst ihre Karriere zusehends. Den immerhin über 30 Jahre älteren Gatten alleine zu lassen, wäre bei seinem Erfolg bei Frauen gewiß zu gefährlich gewesen.

Freitag 4. Januar

Floyd Patterson

***4.1.1935 Waco (USA)**

Das hatte vor ihm noch keiner geschafft! Der Mittelgewichts-Boxer Floyd Patterson brach 1960 ein ungeschriebenes Gesetz des Boxsports: »They never come back« – »Sie kommen nie wieder«, heißt es in der Welt der harten Fäuste. Kein Weltmeister im Schwergewicht konnte bis dahin einen verlorenen Titel zurückerobern. Patterson allerdings holte sich den Weltmeisterschafts-Gürtel von dem Schweden Ingemar Johansson zurück, an den er ihn 1959 verloren hatte. In einem großen Kampf schlug er den Vorjahressieger k.o.

Sonntag 4. Januar

John McLaughlin

***4.1.1942 Kirk's Sandall (Großbritannien)**

Die Musikalität hat er von der Mutter. Die Violinistin verordnete ihrem kleinen Sohn schon mit neun Jahren Klavierunterricht. Doch der begeisterte sich schon bald mehr für Blues als für Klassik. So wechselte er zur Gitarre. Mit 16 wurde McLaughlin Berufsmusiker und ging wenig später, nach ersten Erfolgen in britischen Bands, nach New York. Nun begann die steile Karriere des Gitarristen, der in seiner Musik stets Elemente von Jazz, Blues und Rock kombiniert. McLaughlin spielte u.a. mit Miles Davis, Carlos Santana und Chick Corea.

Montag 4. Januar

Guy Forget

***4.1.1965 Casablanca (Marokko)**

Zu zweit ist er besser als alleine. Der französische Tennis-Star Guy Forget ist einer der besten Doppelspieler der Welt. Das zeigen schon seine Turniererfolge: Den zehn Einzelsiegen in seiner Karriere stehen immerhin 29 Siege im Doppel gegenüber. Seine größten Erfolge im Einzel waren der Sieg im Davis-Cup 1991 und sein Einzug ins Halbfinale in Wimbledon 1992. Dort unterlag er jedoch seinem Kollegen Hlasek. Wenn er mal nicht für den internationalen Tennis-Zirkus unterwegs ist, lebt und trainiert der Franzose in der Schweiz.

Impressum

Autor:	Dorothee Wiktorin, Köln
Redaktion:	Ingrid Reuter, Dortmund
Bildredaktion:	Sonja Rudowicz
Umschlaggestaltung und Layout:	Pro Design, München
Satz:	Böcking & Sander, Bochum
Druck:	Brepols, Turnhout

Abbildungsnachweis: Bettmann/UPI, New York: 129; Cinetext, Frankfurt a.M.: 128; Interfoto, München: 130; Public Address, Hamburg: 131, 132.
Modefotos 1900-30er Jahre, Damenmode 40er Jahre, Damenmode 50er Jahre: Bertelsmann Lexikon Verlag, Gütersloh; Modefotos Herrenmode 40er Jahre, Herrenmode 50er Jahre, 60er-90er Jahre: Prof. Dr. Ingrid Loschek, Boxford.
Alle übrigen Abbildungen: Bettmann Archive/UPI/Reuters/John Springer Coll., New York.

Trotz größter Sorgfalt konnten die Urheber des Bildmaterials nicht in allen Fällen ermittelt werden. Wir bitten gegebenenfalls um Mitteilung.

ISBN 3-577-30104-X

Vom 1. Januar bis zum 31. Dezember

Individuelle Bücher – für jeden Tag des Jahres eines. Mit allen wichtigen Ereignissen, die sich genau an diesem besonderen Tag während der Jahre unseres Jahrhunderts zugetragen haben. Doch trotz all der großen Ereignisse des Weltgeschehens – es gibt immer auch persönlich wichtige Daten für jeden einzelnen Menschen, sei es ein Geburtstag, Hochzeitstag, Erinnerungstag oder der Tag, an dem eine entscheidende Prüfung bestanden wurde. So wird aus einem Tag im Spiegel des Jahrhunderts zugleich auch ein »persönlicher« Tag. Und endlich gibt es für all diese Anlässe das richtige Buch, das passende Geschenk!

Persönliches Horoskop

Was sagen die Sterne zu den jeweiligen Tagen? Außerdem erfahren Sie, welche bekannten Menschen unter dem gleichen Sternzeichen geboren wurden.

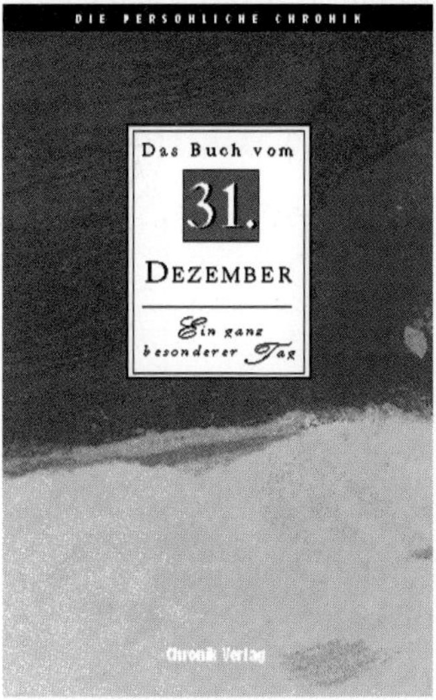
DIE PERSÖNLICHE CHRONIK
Das Buch vom
31.
DEZEMBER
Ein ganz
besonderer Tag
Chronik Verlag

CHRONIK-BIBLIOTHEK DES 20. JAHRHUNDERTS

Von 1900 bis zur Gegenwart

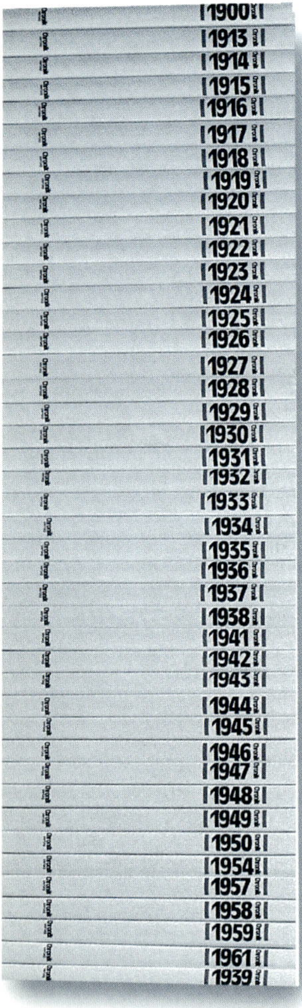

Die »Chronik-Bibliothek« ist die umfassende Dokumentation unseres Jahrhunderts. Für jedes Jahr gibt es einen eigenen, umfangreichen und zahlreich – überwiegend farbig – bebilderten Band. Tag für Tag wird dabei das Weltgeschehen in Wort und Bild nachgezeichnet – jetzt lückenlos bis an die Gegenwart. Sie können das jeweilige Jahr in chronologischer Folge an sich vorüberziehen lassen, aber die »Chronik« auch als Nachschlagewerk oder als Lesebuch benutzen. Ein prachtvolles Geschenk – nicht nur für Jubilare. Und wer die »Chronik-Bibliothek« sammelt, erhält ein Dokumentationssystem, wie es in dieser Dichte und Genauigkeit sonst nicht zu haben ist.

Chronik
1995
Tag für Tag in Wort und Bild
Chronik